COLLECTION
Cascade

YVES-MARIE CLÉMENT

QUI A TUÉ ARIANE ?

RAGEOT-ÉDITEUR

Pour Jacqueline, Bernard
et La Maraya...

Collection dirigée par Caroline Westberg

Couverture : James Prunier
ISBN 2-7002-2477-9
ISSN 1142-8252

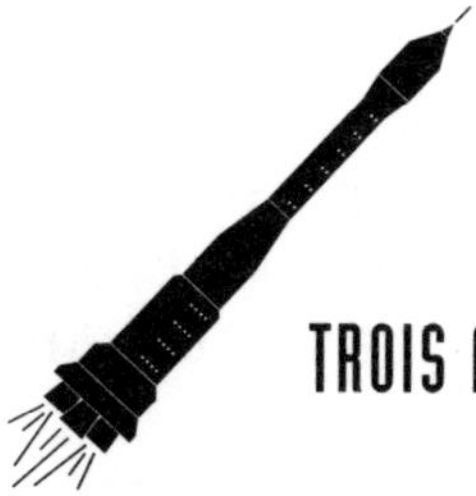

TROIS ANS DE VACANCES !

Kourou, montagne Carapa,
vendredi 23 novembre, 20 heures.

« Trois ans de vacances ! »

L'inspecteur divisionnaire Fernand de Torstein – Nando pour les intimes – venait de prendre ses fonctions à l'hôtel de police de Kourou, Guyane française.

« Trois ans de vacances ! » lui avait assuré le commissaire Clout en signant l'avis favorable à sa mutation.

La forêt tropicale, le cri des singes hurleurs, le grognement du jaguar, le parfum subtil des orchidées, les couleurs chatoyantes des hibiscus et des bougainvillées... Nando avait acquiescé, ravi de retrouver enfin cette ambiance chaude et humide qu'il adorait.

Ce soir-là, il faisait vraiment très chaud.

La nuit était tombée depuis plus d'une heure. Accoudé au comptoir du belvédère de la montagne Carapa, Nando savourait avec délectation un jus de goyave bien frais en attendant le lancement de la fusée Ariane. Pas un poil de vent. L'air lui collait à la peau. La sueur perlait à son front.

Malgré la chaleur étouffante, une Créole assise près de lui portait un châle de laine sur les épaules.

Lui s'était habillé légèrement. Une chemisette blanche parfaitement repassée et un short colonial de couleur beige.

Par bonheur, il n'y avait pas l'ombre d'un moustique, ni celle d'un yen-yen, ces insupportables petits insectes à la piqûre cuisante.

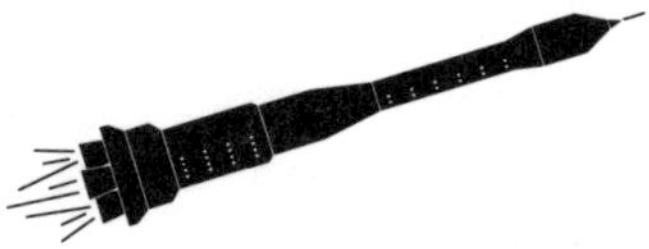

Le sommet de la montagne Carapa était spécialement aménagé pour les spectateurs. Par ciel bien dégagé, il était possible d'observer le vol de la fusée pendant plusieurs minutes.

Attendant le lancement, une centaine de personnes, Guyanais et touristes, écoutaient les commentaires retransmis en direct par une journaliste de RFO depuis le poste de commandement Jupiter :

– Il reste maintenant moins de deux

minutes avant le décollage, et tout semble se dérouler parfaitement. Dans la salle de contrôle, les écrans affichent des paramètres normaux. À ma droite se trouve un téléviseur géant sur lequel je peux suivre les ultimes préparatifs.

L'impatience se lisait dans les regards des spectateurs. Parmi eux, Nando aperçut l'inspecteur Rochat, de l'identité judiciaire de Cayenne. Ils s'étaient connus à l'école de police de Caen. Ils étaient de la même promotion. En vingt ans, Rochat avait au moins doublé de volume. Son crâne dégarni ainsi qu'une paire de grosses moustaches grises le vieillissaient terriblement. En comparaison, Nando, lui, n'avait pas l'impression d'avoir beaucoup changé.

Les haut-parleurs craquèrent et la voix de la correspondante de RFO tonna :

– On m'annonce que le lanceur de la fusée sera connecté sur ses propres générateurs dans moins de...

Le directeur des opérations l'interrompit. Il annonça d'une voix forte :

– Plus qu'une minute avant la mise à feu. Attention pour le premier décompte !

Un silence pesant suivit...

Sur la montagne, la gorge serrée, chacun observait le pas de tir, petit point lumineux situé à deux kilomètres de là, sur le rivage atlantique.

La journaliste reprit :

– Devant moi, le compte à rebours où défilent les secondes... Il règne dans la salle des opérations du PC Jupiter une très forte tension. Les ingénieurs ne peuvent désormais plus rien pour stopper le lancement d'Ariane. Quoi qu'il arrive...

La voix du directeur des opérations se fit de nouveau entendre :

– Attention pour le décompte final !

– Dix petites secondes, murmura Nando non sans une légère appréhension, en posant son verre sur le comptoir.

La nuit était particulièrement claire. Il ajusta ses jumelles, fronça ses épais sourcils noirs. Il distinguait parfaitement la tour de lancement où « Elle » était encore arrimée.

La voix du directeur des opérations trembla légèrement :

– 6, 5, 4...

Nando vit nettement les bras cryogéniques se séparer de la fusée et retomber contre la paroi de la tour de lancement.

– 3, 2, unité, top ! Allumage !

Une lueur rouge enveloppée d'un épais nuage de fumée se répandit à la base du lanceur. Trois secondes plus tard, un éclair illumina le pas de tir. Des flammes aveuglantes jaillirent des deux boosters.

Nando ne put s'empêcher de cligner des yeux. L'intensité lumineuse était à peine soutenable.

– Décollage !

Les sabots d'arrimage se décrochèrent, et la fusée commença lentement son ascension dans un grondement impressionnant.

– Monte, ma belle ! Monte ! scandaient à l'unisson les spectateurs.

Un tonnerre d'applaudissements parcourut la foule.

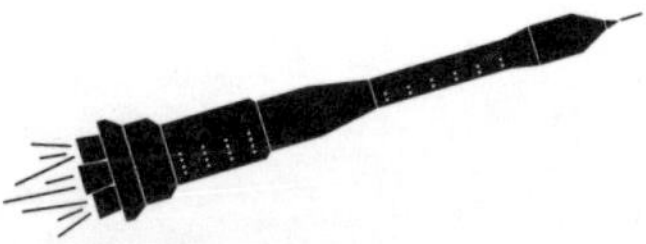

20 h 13.

La tension retomba dans la salle du PC Jupiter.

Le décollage paraissait se dérouler correctement. Le directeur des opérations commentait désormais d'une voix calme :

– Temps de combustion, soixante-dix secondes. Trajectoire et vitesse nominales. Dans moins d'une minute, extinction et largage des propulseurs à poudre…

Nando ne quittait pas la fusée des yeux.

Soudain, un flash se produisit au sommet du long tube de métal qui parut se coucher.

Puis il y eut une puissante déflagration. Le ciel s'illumina au-dessus de Kourou.

Un souffle d'air chaud balaya la montagne Carapa. La terre trembla. Des gerbes incandescentes jaillirent dans toutes les directions.

Nando, les mains cramponnées à ses jumelles, le souffle coupé, venait d'assister à l'explosion d'Ariane.

NANDO REGARDA LA TÉLÉVISION

Chez Nando,
vendredi 23 novembre, 23 h 15.

Nando regarda la télévision tard dans la nuit.

À la base de Kourou, on essayait tant bien que mal de faire le point :

– Cet accident est une véritable catastrophe, avouait au micro de RFO Dan Chalaye, le directeur du Centre spatial guyanais. En une fraction de seconde, nous avons perdu plusieurs dizaines de milliards de francs et un nombre incalculable d'heures de travail…

– Les retombées de gaz présentent-elles un danger pour la population ?

– Aucun danger. Les vents d'altitude ont dirigé les gaz de combustion et les propergols non brûlés vers l'océan. Les populations sont donc à l'abri des retombées.

– Cet événement ne risque-t-il pas de

déstabiliser sérieusement votre programme de tirs ? demanda la journaliste.

– Hum ! Comprenez que c'est l'édifice Arianespace qui vient de s'ébranler. C'est un échec cuisant pour un lanceur dont la fiabilité avait été amenée à presque 100 % !

– Personne ne doutait en effet de la réussite de ce lancement... Comment expliquer qu'un échec...

Dan Chalaye l'interrompit :

– Si faible soit-elle, une marge d'erreur existe, dit-il d'une voix irritée. Mais nous ferons notre possible pour que cet accident ne se reproduise pas. Plusieurs enquêtes ont d'ailleurs déjà commencé. Enquête technique, bien sûr, qui s'efforcera de déterminer les causes exactes de l'accident. Enquête judiciaire, ensuite, afin de déterminer d'éventuelles implications humaines.

– Les inspecteurs de la DST[1] sont sur place. Vous pensez à la possibilité d'un sabotage ?

– Mademoiselle, vous imaginerez facilement que je ne peux émettre de pareilles affirmations !

– Et l'avenir...

– Dès demain, nos partenaires vont œuvrer pour rétablir notre place sur les

1. DST : Direction de la surveillance du territoire. La DST lutte contre l'espionnage sur le sol français.

marchés. Quant à moi, je ne suis pas homme à rester les bras croisés après un échec. Nous avons un programme. Nous allons donc préparer les prochains lancements.

Nando se leva pour allumer le brasseur d'air. Il faisait décidément trop chaud ce soir-là. On était à la fin de la saison sèche.

Il reprit sa place sur le sofa de son arrière-grand-père, le comte Roland-Gustave de Torstein. Avec ses livres, c'était tout ce qu'il avait déménagé de son manoir de métropole. Le sofa avait traversé bien des générations et des océans sans manifester le moindre signe de fatigue. Certes, les couleurs étaient légèrement passées. Les bleus et les violets avaient fondu, les rouges pâli, tandis que les verts s'étaient teintés de gris. Il n'en avait que plus de charme.

Du bout de l'index, Nando lissa ses épais sourcils noirs.

– Quel dommage ! Tu ne trouves pas, Miss Marple ? Notre première fusée...

Miss Marple ne broncha pas. Elle souffrait encore du décalage horaire et avait du mal à trouver ses repères. Nando craignait même qu'elle ne déprime.

– Pour un peu, je me sentirais presque coupable, continua-t-il.

Miss Marple dressa la tête. Une lueur étincelante anima son regard. Elle sortit la langue à plusieurs reprises. Puis elle se dirigea en rampant vers l'inspecteur de police. Elle s'enroula autour de son bras et se lova sur son épaule.

Nando avait un faible certain pour les ophidiens. Miss Marple, un boa constrictor de plus de deux mètres trente, ne le quittait pratiquement jamais. C'était une excellente adjointe dont il se serait difficilement passé dans ses enquêtes.

Nando dormait d'un sommeil profond. La sonnerie du téléphone le fit sursauter. Il consulta son réveil. Six heures dix. Il décrocha le combiné...

– Allô...

– Commissaire Simon à l'appareil ! annonça son interlocuteur. On vient de nous signaler un accident mortel sur la nationale 1 à hauteur du mont Vénus. J'ai prévenu les pompiers et l'identité judiciaire.

– Le mont Vénus ? demanda Nando qui ne connaissait pas par cœur toute la toponymie de la Guyane.

– Allez tout droit en direction de Sinnamary. Vous tomberez forcément dessus. Il n'y a qu'une route dans ce fichu pays !

– N'est-ce pas le secteur de la gendarmerie, commissaire ?

– Avec l'histoire de la fusée, ils n'ont plus un homme de disponible... Nos confrères quadrillent la savane à la recherche des débris d'Ariane !

– Un accident, marmonna Nando. Y a-t-il des témoins ?

– Aucun témoin ne s'est manifesté pour l'instant. Et le gars qui nous a prévenus a refusé de décliner son identité.

Nando raccrocha. Il se passa la main sur le front.

– Hier une fusée, ce matin une voiture... « Trois ans de vacances ! » Je crois que je m'en souviendrai...

Après une rapide toilette, il avala sa tasse de café quotidienne.

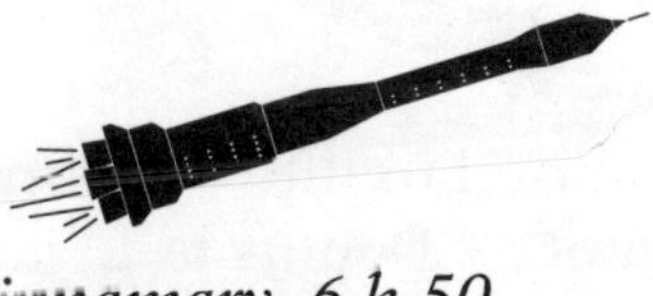

Route de Sinnamary, 6 h 50.

À hauteur de l'hôtel des Roches, Nando croisa un camion de légionnaires qui rentraient de manœuvres. Il traversa les longues avenues de Kourou en roulant à vive allure.

Il alluma la radio…

«– Toute la nuit, les ingénieurs du Centre spatial ont analysé image par image les films du tir d'hier soir. Ces films, ainsi que les enregistrements télémétriques, auraient, selon les sources officielles, permis de démasquer le coupable. Il s'agirait du moteur d'appoint du satellite qui aurait explosé pour des raisons encore inconnues. Les recherches s'intensifient dans la savane au nord-ouest de Kourou et dans la mangrove. D'après les dernières informations, on sait que le directeur du Centre spatial a aussitôt fait appel aux hommes-grenouilles du corps spécialisé des sapeurs-pompiers de la ville de Paris, présents à Kourou lors de chaque lancement, pour tenter de localiser et de repêcher ce moteur coulé vraisemblablement au large de l'île du Diable. »

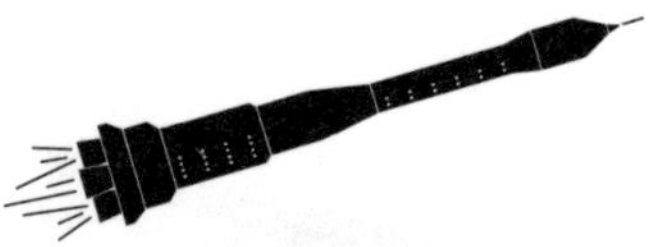

À la sortie de la ville, un immense panneau indiquait : « Depuis le 1er janvier 1996, 42 morts et 745 blessés sur les routes de Guyane. » Nando leva légèrement le pied de l'accélérateur. Dans le pays, bon nombre de conducteurs ne respectaient pas les règles élémentaires du code de la route.

Une brume légère déposait un voile opaque sur le pare-brise, l'obligeant de temps en temps à mettre en marche les essuie-glaces. Après la crique Soumourou, la brume se dissipa. Peu avant le mont Vénus, il aperçut, rangé sur le bas-côté, le véhicule des pompiers de Kourou. Il se gara juste derrière.

Le soleil apparut à l'horizon. Nando sentit ses premiers rayons lui caresser le dos.

Il se présenta au pompier le plus gradé, un adjudant-chef :

– Inspecteur de Torstein. Alors ?

L'homme pointa l'index en direction du véhicule écrasé vingt mètres en contrebas, dans un pri-pri[1] asséché.

– Le type a été tué sur le coup, inspecteur. Une sortie de route dans une ligne droite, vous vous rendez compte ?

– Sans doute roulait-il un peu trop vite… Vous le connaissiez ?

– Non…

– Avait-il des papiers sur lui ?

– On a juste constaté le décès, inspecteur. On n'a touché à rien. On vous attendait.

On a eu parfaitement raison… se dit Nando en descendant vers les lieux du drame.

1. Marais.

LA VOITURE ÉTAIT TRÈS ENDOMMAGÉE

La voiture était très endommagée. C'était une Fiat Uno de couleur blanche. Elle avait fait plusieurs tonneaux avant de s'écraser sur le côté droit. Sur l'aile, le logo du Centre spatial. La portière du conducteur était grande ouverte. Nando essaya de la refermer. Impossible. Les charnières avaient sans doute souffert.

Nando jeta un coup d'œil dans l'habitacle. Il semblait parfaitement intact.

Éjecté à travers le pare-brise, le corps gisait à quatre mètres de là. Nando frissonna en pensant au panneau macabre affiché à la sortie de Kourou.

Il se dirigea vers le cadavre étendu sur le dos, la tête tournée vers la droite. Il s'agissait d'un homme de race blanche, la cinquantaine passée, trapu, les cheveux bruns, le visage violacé. Il avait le cuir chevelu en sang, la mâchoire inférieure déboîtée.

Nando consulta sa montre. Sur son carnet, il commença à rédiger des notes pour son enquête.

Il entreprit ensuite de fouiller les poches de la victime. Vides. Il se releva, scruta le sol environnant. À proximité de la voiture, près d'un bouquet d'amaryllis en fleurs, il aperçut un portefeuille et un trousseau de clés qu'il empocha aussitôt. Sans doute celles de son logement, pensa Nando. L'adjudant-chef se campa près de lui.

– En tout cas, l'homme ne sortait pas sans ses papiers, constata Nando. Passeport, permis de conduire, carte d'accès au CSG, le Centre spatial guyanais…

Il lut à haute voix :

– Mazeau Laurent, né le 12 décembre 1938 à Daubeuf-Serville, domicilié à Kourou, 24, avenue des Alizés. Chef opérateur au Centre spatial.

– La famille doit être en métropole, fit remarquer l'adjudant-chef.

– Je vais lancer un appel radio pour qu'on la prévienne le plus tôt possible.

Mont Vénus, 7 h 25.

Une Peugeot 205 apparut à l'horizon.

– Ah ! Voilà vos collègues de Cayenne, lança le chef des pompiers. Ils n'ont pas traîné.

Le véhicule se gara derrière celui de

Nando. Un gros homme en sortit avec beaucoup de peine. Une femme très jeune, créole, l'accompagnait. Elle portait une tenue de sport.

– Paul-Henri Rochat ! s'exclama Nando. Comme on se retrouve !

– Ah, vieux ! Je savais que tu avais été muté. Mais tu vois, avec tout ce boulot, je n'ai pas encore eu le temps de te rendre une petite visite. Je te présente le docteur Desroches, c'est notre médecin légiste.

– Pascale Desroches, précisa la jeune femme en tendant la main d'un geste gracieux.

– Très honoré ! lui répondit Nando en se courbant légèrement.

Célibataire endurci, il trouva aussitôt au docteur Desroches un charme qui ne le laissait nullement de glace.

L'inspecteur Rochat remonta son pantalon et retendit ses bretelles. Il sortit un appareil photo de son sac et l'arma.

– Les gens ne savent pas conduire, ici ! marmonna-t-il en allumant une cigarette.

– Sans doute y a-t-il quelques exceptions, ironisa Nando.

– Hum... elles sont rares.

Le moteur crépita.

– Il est violacé, votre bonhomme ! lança l'inspecteur Rochat. Encore un alcoolique.

Puis, machinalement, il releva une série d'empreintes sur les portières, le volant, le tableau de bord et le levier de vitesse, tandis que le médecin légiste procédait à un premier examen de la victime.

Nando attendait que tombe le verdict.

Sur la cime des arbres avoisinants, il remarqua un rassemblement de gros oiseaux noirs au bec crochu. Des urubus. La présence de ces charognards le glaça.

– En forêt, les cadavres ne traînent pas longtemps, constata le chef des pompiers.

Pascale Desroches hocha la tête. Ses cheveux noirs, très fins, roulèrent sur sa nuque. Quelque chose semblait l'intriguer :

– Bizarrement...

– Bizarrement ? répéta Nando.

– Il ne devait pas rouler très vite. Je ne décèle aucune lésion interne. Le foie a l'air intact. Pas de fracture au niveau du rachis.

L'inspecteur Rochat paraissait pressé. Il jeta un coup d'œil sur sa montre. Il dit, très sûr de lui :

– Classique, docteur ! Ce type a eu une crise cardiaque. Il a freiné, il a mordu la berge et hop !

– Probablement...

– Je crois qu'on peut rentrer à la maison !

Mais Nando ne l'entendait pas ainsi. L'étonnement du médecin légiste lui avait mis la puce à l'oreille. Et s'il ne s'agissait pas d'un banal accident..., pensa-t-il.

– Je suggère, dit-il, que vous fassiez une autopsie du corps de monsieur Mazeau, docteur Desroches.

– Bien sûr, inspecteur.

– Ainsi qu'un examen toxicologique complet.

– Inutile, Nando, s'exclama son collègue. Ce type-là s'est tué en bagnole, un point c'est tout. En plus, les analyses prendront un temps fou. Il faut envoyer les scellés[1] à Paris !

– Nous ne sommes pas pressés, Paul-Henri ! Et puis, nous suivons la procédure.

– C'est ton enquête, soupira Paul-Henri Rochat.

S'adressant au médecin légiste, Nando ajouta :

– Je vous serais très reconnaissant de m'avertir dès que vous aurez les premiers résultats.

Nando griffonna son adresse et son numéro de téléphone sur une page de son carnet qu'il donna au médecin légiste.

– N'hésitez pas à me joindre chez moi...

1. Bocaux contenant les viscères prélevés sur le cadavre.

En fin de matinée, Nando remit son rapport au commissaire Simon. Célibataire, Laurent Mazeau vivait seul dans son pavillon de l'avenue des Alizés. Il n'avait, pour toute famille, qu'un demi-frère en métropole.

Vers midi, Nando rentra chez lui à pied. Il éprouvait le besoin de se dégourdir les jambes.

La ville de Kourou, véritable mosaïque de quartiers résidentiels, s'étendait entre le fleuve Kourou et l'océan. Sur le port, le village saramaka tranchait par la vétusté de ses constructions.

Nando habitait au premier étage d'une grande maison créole, à une cinquantaine de mètres de la tour Dreyfus, face à l'Océan. Le quartier était agréable. Le jardin était planté de bougainvillées, d'hibiscus et de jasmins. Près d'un manguier, un petit frangipanier arborait de magnifiques fleurs mauves. Sur sa terrasse, Nando avait tendu un hamac brésilien. De là, par temps clair, il apercevait au loin les îles du Salut.

Le vent bruissait dans les feuilles des cocotiers plantés le long de la plage. Nando tourna la clé dans la serrure et poussa la porte. Il ouvrit les jalousies. Un courant d'air frais s'engouffra dans le salon. C'était le début de la marée montante. Chaque jour, le souffle de l'Océan rendait momentanément la chaleur supportable.

Miss Marple attendait Nando, vautrée sur le sofa. Elle avait mué la semaine passée[1] et ses écailles avaient rarement été aussi chatoyantes. Elle frissonna. Nando se dirigea immédiatement vers elle et lui caressa le dos.

– Docteur Pascale Desroches, chantonna-t-il. Docteur Pascale Desroches. Séduisante.

Miss Marple releva la tête, et sortit plusieurs fois sa langue bleutée.

– J'espère que tu n'es pas jalouse, au moins ?

Nando choisit un roman dans sa bibliothèque. Il lut les cinq premières pages sans parvenir à se concentrer.

– Plusieurs choses me troublent dans cette banale sortie de route, Miss Marple. D'abord, je n'ai aperçu aucune trace de freinage sur le bas-côté. Le réflexe d'un conducteur à l'approche d'un tel ravin n'est-il pas d'enfoncer la pédale de frein ? Ensuite, Laurent Mazeau avait le visage violacé. Rochat s'est empressé d'attribuer cela à l'abus d'alcool. Or, sur sa carte d'accès au CSG, une photo récente prouve que son visage était plutôt pâle.

1. Un boa constrictor mue régulièrement plusieurs fois dans l'année.

Il posa le livre sur la table basse, se pinça le menton entre le pouce et l'index, l'air réfléchi, et conclut :

– J'ai comme l'impression, chère Miss Marple, que notre homme était déjà mort quand sa voiture est tombée dans le pripri ! Et je pense que nous devrions aller faire immédiatement un tour du côté de l'avenue des Alizés.

Miss Marple ne semblait pas décidée à bouger. Nando la saisit délicatement par le cou.

– C'est à deux pas !

Avenue des Alizés, 13 h 20.

À 4° nord de l'équateur, se promener avec un boa constrictor enlacé autour du cou n'avait absolument rien d'incongru. Les badauds se retournaient à peine sur le passage de Nando.

– Le 24, nous y sommes !

Laurent Mazeau vivait dans une maison neuve entourée d'un jardin. Nando poussa la barrière. La pelouse, grillée par le soleil, était parsemée de massifs d'hibiscus et de bougainvillées aux couleurs vives.

Nando sortit de sa poche le trousseau de

clés qu'il avait conservé. Quand il ouvrit la porte, une forte odeur de café réchauffé lui irrita la gorge. Il grimaça. Il entra dans un salon meublé très sobrement. Tout était rangé de façon impeccable. Nando poussa la porte de la chambre et installa Miss Marple sur le lit. Il se pencha vers le réveille-matin posé à même le dallage. La sonnerie était réglée sur sept heures.

Miss Marple descendit du lit et rampa vers le salon. En passant sur la table basse, elle fit tomber un agenda. Nando le ramassa. Il le feuilleta rapidement.

– Ce matin, notre homme avait rendez-vous à huit heures chez un dentiste de Cayenne. Que faisait-il donc aux aurores sur la route de Sinnamary, à l'opposé de celle de Cayenne ?

À la page précédente, Nando put lire : « Dossier 13A retrouvé, interroger collègues. »

– Dossier 13A retrouvé, marmonna-t-il. Étrange. Je devrais sans doute aller jeter un coup d'œil au Centre spatial. Qu'en penses-tu, Miss Marple ?

Le boa ne parut pas intéressé par la question.

Dans la cuisine, Nando s'aperçut que la cafetière électrique n'avait pas été éteinte. Elle était pleine. Il s'en étonna et l'observa de plus près. L'horloge déclenchant sa mise en marche était réglée sur sept heures du matin. Sur un plateau se trouvait un service à petit-déjeuner que Laurent Mazeau n'avait pas utilisé le matin même. Avait-il quitté son domicile précipitamment ? Y avait-il passé la nuit ? Le rapport d'autopsie éclairerait bientôt ce point.

L'HÔTEL DE POLICE ÉTAIT INSTALLÉ DANS LE VIEUX BOURG

15 h 15.

L'hôtel de police était installé dans le vieux bourg, près du fleuve Kourou. À marée basse, la puanteur de la vase envahissait le quartier. De la fenêtre de son bureau, Nando aurait presque pu dénombrer les crabes qui envahissaient alors les berges.

Immigrés clandestins, dealers, criminels en tous genres, s'entassaient aux côtés des plaignants dans les couloirs aux murs crème. Les inspecteurs étaient débordés. Le juge d'instruction de Cayenne croulait sous les dossiers. Seules les affaires les plus graves étaient traitées.

Nando poussa la porte vitrée du commissariat. Le brigadier de service l'attendait avec un message :

– Le légiste vous a appelé, inspecteur. Votre Mazeau…

– Laurent !

– C'est ça, oui, Laurent ! Il a été étranglé !

– Étranglé ?

– Je vous répète les propos de mademoiselle Desroches.

– Étranglé, marmonna Nando en se passant la main sur le cou.

Cela explique la couleur cyanosée du visage ! se dit-il en entrant dans son bureau, une petite pièce au bout du couloir.

Il prit place sur sa chaise, sous l'effigie du président de la République, et décrocha le combiné. D'une main nerveuse, il composa le numéro de l'institut médico-légal.

– Inspecteur de Torstein, je souhaiterais parler au docteur Desroches. C'est urgent !

– Elle-même, inspecteur. On vous a transmis mon message ?

– À l'instant. Mais j'aimerais en savoir plus, si cela ne vous dérange pas...

– Bien sûr que non ! Voilà... Notre homme est mort hier soir, aux alentours de vingt et une heures des suites d'une strangulation. J'ai relevé des traces de doigts sur les faces antérieures et latérales du cou. J'ai également diagnostiqué une hyperémie conjonctivale[1] ainsi qu'une double fracture du larynx. Le foie et le cerveau sont également congestionnés...

– S'est-il débattu avant de mourir ?

– Non. Son agresseur l'a sans doute

1. Afflux de sang au niveau des yeux.

assommé avant de l'étrangler. Je vous confirmerai tout ça très bientôt.

– Je vous remercie...

Nando raccrocha en soupirant. Laurent Mazeau avait bel et bien été assassiné la veille de « l'accident ». Il n'avait donc pas passé la nuit chez lui. L'affaire se corsait.

Centre spatial guyanais,
samedi 24 novembre, 15 h 40.

Nando stoppa sa voiture devant la grille d'accès rouge et blanche du Centre spatial. C'était la première fois qu'il venait jusque-là. Un vigile sortit aussitôt de sa guérite et lui demanda d'éteindre son moteur.

– Je voudrais parler au directeur.

– Le directeur ? Hé ! Vous pensez bien qu'il est occupé.

– Police nationale ! lui rétorqua Nando en montrant sa carte.

L'homme se pencha. Il plissa les paupières.

– La photo est un peu vieille, inspecteur, dit-il en souriant. Attendez là, j'appelle le chef !

Il revint accompagné d'un homme en uniforme bleu aux épaulettes barrées de sardines dorées. Ce dernier se présenta :

– Baptiste Daudel, chef de la division sauvegarde sol.

Il vérifia l'identité de Nando et lui remit un badge magnétique.

– Placez-le de manière visible sur le revers de votre veste et veuillez garer votre véhicule sur l'aire de stationnement, monsieur. Pendant ce temps, je préviens monsieur Chalaye.

Nando fronça les sourcils. Il s'enquit :

– J'ai connu un Baptiste Daudel il y a quelques années.

Un sourire s'afficha sur le visage austère du chef de la division sauvegarde sol. Il lâcha :

– C'était mon oncle, monsieur. Le commissaire Baptiste Daudel, mort en service commandé.

– Oui, je l'ai bien connu, ajouta Nando. J'ai travaillé sous ses ordres lorsque j'étais jeune inspecteur. Un homme d'une valeur exceptionnelle...

– Merci, monsieur.

Nando avait un peu menti. Il n'avait entendu parler du commissaire Daudel que par les journaux de l'époque. Un mensonge qui lui vaudrait, espérait-il, l'entière collaboration du directeur de la sécurité du Centre spatial.

Baptiste Daudel invita Nando à monter dans une Fiat Uno blanche.

– Vous souhaitez rencontrer monsieur le directeur au sujet de la fusée, je suppose ?

– Non, pas du tout. Je suis ici pour une autre affaire.

Nando profita de cette promenade pour observer les installations. Les tours de lancement surgissaient en plein cœur de la savane, éloignées des blockhaus et des bureaux.

– Nous entrons dans la zone ELA3, fit remarquer Baptiste Daudel. Sur notre gauche, le bâtiment d'assemblage final. C'est ici qu'ont lieu les préparations d'intégration et d'encapsulation des charges utiles.

– En d'autres termes ? demanda Nando qui n'avait rien compris à ce discours de spécialiste.

– C'est là que les morceaux du lanceur sont assemblés et que se déroule la phase de remplissage de l'étage à propergols.

Nando passa la tête par la vitre.

– Impressionnant.

– Avec ses 90 mètres, c'est le plus haut de nos bâtiments.

La route se frayait un chemin entre de maigres arbustes aux feuilles grillées par le soleil. Nando n'appréciait guère l'endroit.

Une ligne verte barrait l'horizon : la forêt. La forêt primitive. Nando ferma les yeux. Il se rappela le jour où Miss Marple et lui s'étaient retrouvés nez à nez dans son hamac. Toute la nuit, elle était restée lovée sur son ventre. Depuis, ils ne s'étaient jamais quittés.

Le Centre spatial s'étendait sur des dizaines de kilomètres carrés, mais il paraissait impossible d'y entrer sans invitation. La présence militaire était relativement importante. Des gendarmes et des légionnaires surveillaient les points névralgiques. D'autres patrouillaient à pied entre les sites.

– C'est une véritable forteresse ! constata Nando. Pas facile de passer inaperçu.

Le chef sourit, visiblement flatté par sa remarque.

– La chose me semble même inconcevable. Si vous parveniez à franchir les clôtures électrifiées de la zone sensible, vous seriez immédiatement repéré par les caméras de surveillance. Et mes hommes vous intercepteraient dans les vingt secondes.

En effet, au sommet d'une tour métallique, Nando aperçut plusieurs caméras dont le champ de vision devait embrasser tout le Centre spatial. Il s'enquit :

– Après l'accident d'hier, je suppose que les rumeurs vont bon train, n'est-ce pas ?

Baptiste Daudel hocha la tête. Nando insista :

– Qu'en dit-on dans le Centre ?

– On parle bien sûr de sabotage mais également d'erreur humaine, avoua le chef de la sécurité.

– Vous voulez dire qu'Ariane...

– Il paraîtrait qu'Ariane aurait été déviée de sa trajectoire à cause d'une insuffisance du système de pilotage automatique !

Nando voulut en savoir plus. Il demanda :

– S'il s'agit d'un sabotage, je suppose que mes amis de la DST ont déjà une petite idée... Qu'en pensez-vous ?

Baptiste Daudel affirma :

– Je ne m'intéresse guère à la question. Mais je sais que mes collègues en discutent beaucoup depuis ce matin. Chacun y va de son hypothèse. On parle des Russes, des Japonais, également des écologistes... Mais comme je vous l'ai dit, il est absolument improbable qu'un commando ait pu entrer sur le site. Si la fusée a été sabotée, ça ne peut être que par un membre du personnel.

– Qu'est-ce qui vous fait croire ça ?

Le chef de la sécurité parut hésiter. Il répondit :

– Je vous répète qu'aucune personne étrangère à nos services ne peut pénétrer dans nos locaux... Nous sommes arrivés !

Le bureau du directeur, 15 h 55.

Le bureau du directeur se trouvait au troisième étage d'un immeuble situé à l'extérieur de la zone ELA3.

La climatisation donnait l'impression de pénétrer dans un réfrigérateur.

Le chef de la division sauvegarde sol se présenta au secrétariat.

– Entrez ! fit une jeune femme. Monsieur Chalaye vous attend.

Un homme au visage fatigué les reçut. Il contourna son bureau et se dirigea vers Nando pour se présenter :

– Dan Chalaye. Vous êtes monsieur...

– Inspecteur de Torstein.

Le directeur se passa la main dans les cheveux.

– Les hommes de la Sûreté sortent d'ici. Si vous voulez...

Nando l'interrompit :

– Je n'enquête pas sur l'explosion d'hier

soir, monsieur Chalaye. Laurent Mazeau. Ce nom vous dit quelque chose ?

L'homme esquissa un sourire.

– Laurent Mazeau, tout à fait ! Paco, pour les intimes... Tout le monde le connaît, ici. C'est un des pionniers de la maison. Un type en or. Il est rentré au CSG en 68.

Nando prit une forte inspiration et lâcha :

– Son corps a été retrouvé ce matin sur la route de Sinnamary. Mort étranglé.

Le directeur retourna derrière son bureau et se laissa tomber sur sa chaise, le visage blanc, les sourcils froncés, visiblement bouleversé par la nouvelle. Ses lèvres tremblèrent :

– Paco, é... étranglé. Je... je ne comprends pas...

– Je suis chargé de l'enquête, enchaîna Nando. Pour cela, je souhaite avoir libre accès à tous vos services. J'aurai besoin d'interroger le personnel...

– Un badge spécial vous sera remis à la sortie. Vous pourrez entrer librement dans la plupart des bâtiments. Mais vous savez, en ce moment, nous sommes plus d'un millier sur le site.

– Pourriez-vous me dire où travaillait Laurent Mazeau ?

– Il est... Il était chef opérateur radiologue. Un poste de confiance.

– Serait-il possible de savoir où il se trouvait hier soir ?

– Je pense que le mieux serait que vous rencontriez ses collègues. Baptiste, emmenez l'inspecteur au bâtiment S4 ! Je vais moi-même avertir l'adjoint de Paco de cette terrible nouvelle.

Dan Chalaye décrocha le combiné. Baptiste Daudel claqua des talons.

– Bien, monsieur Chalaye.

En quittant le bureau, Nando se retourna.

– Au fait, le dossier 13A, cela vous dit quelque chose ?

Dan Chalaye se frotta le menton.

– C'est un texte de procédure, je crois. Mais demandez au S4, ils vous renseigneront plus précisément.

– Merci !

LE SOLEIL ÉTAIT DÉJÀ BAS

Bâtiment S4, 16 h 20.

Le soleil était déjà bas. Ses rayons enflammaient la forêt guyanaise. Mais la température ne semblait pas pour autant vouloir baisser. Très haut dans le ciel, un vol d'ibis rouges se dirigeait vers le nord.

Baptiste Daudel s'arrêta devant une clôture électrifiée et annonça par radio son entrée dans la zone S4. Une barrière s'ouvrit automatiquement. Il s'arrêta et s'adressa à Nando :

– Je dois retourner au PC de surveillance. Je vous retrouverai ici dans une demi-heure.

Un homme en blouse blanche sortit du bâtiment. Un mètre quatre-vingt-dix, athlétique, les cheveux blancs, en brosse, la cinquantaine. Il se présenta à Nando d'une voix émue, teintée d'un fort accent du sud-ouest :

– Michel Pujo. J'étais l'adjoint de Laurent Mazeau ! C'est vraiment terrible !

Il fit entrer l'inspecteur dans le couloir du bâtiment. Ils passèrent plusieurs portes blindées dont chacune était équipée de multiples sécurités.

– C'est un véritable blockhaus !

– C'est ici que nous radiographions les moteurs à poudre des satellites, inspecteur. Cette vérification nous permet de déceler d'invisibles défauts dans leur structure.

Ils arrivèrent au cœur de l'impressionnant dispositif. Sur une grande étagère métallique posée contre un mur blanc se trouvaient de lourdes cassettes de plomb contenant les films. Chacune devait peser au moins cinquante kilos. Au milieu de la pièce, une table roulante. Encastré dans le mur du fond, un volumineux appareil de couleur jaune.

– À quoi sert cet engin ? demanda Nando.

– C'est la tête de production des rayons. Rien à voir avec la radiographie médicale ! Nous ne radiographions ni des squelettes ni des poumons mais des moteurs qui mesurent parfois plus d'un mètre d'épaisseur. Notre accélérateur produit des rayons X à très haute fréquence.

– Les satellites sont dotés de moteurs ?

– La plupart des satellites. Nous pouvons ainsi rectifier leur trajectoire ou leur redonner un petit coup de pouce quand ils subissent des freinages trop importants.

– Ces radios vous permettent de déceler des défauts invisibles à l'œil nu ?

– Absolument. Une fois examinés, les moteurs sont conditionnés pour rejoindre le lanceur.

– Je suppose que l'émission d'un rayonnement aussi puissant implique des mesures de sécurité draconiennes ?

– Bien sûr, inspecteur ! Celui qui resterait dans cette salle pendant l'opération n'aurait aucune chance d'échapper à la mort.

Nando frissonna.

– Sympathique !

Sans tenir compte de cette remarque, Michel Pujo continua ses explications techniques :

– Le déclenchement du générateur de rayons X se fait donc d'une salle protégée par un mur de béton d'un mètre cinquante d'épaisseur. Le système de déclenchement reste condamné tant que toutes les portes blindées intermédiaires, que nous venons de franchir, ne sont pas correctement bouclées. Quand le système entre en marche, des feux rouges clignotants et des klaxons installés à l'entrée du bâtiment signalent le danger. Enfin, une seule personne est accréditée à faire fonctionner le générateur, le chef opérateur radiologue.

– Laurent Mazeau ?

– Exactement !

– Ce poste de confiance suscitait-il des jalousies ?

– Pas le moins du monde, inspecteur. Et surtout pas parmi les membres de l'équipe. Nous étions quatre, très soudés, et nous avions beaucoup de considération pour notre chef.

– Pourriez-vous me présenter vos collègues ?

– Bien entendu.

Michel Pujo entraîna Nando dans la salle de commande du générateur. Deux hommes discutaient des événements de la veille devant un gobelet de café.

Le premier, de type méditerranéen, la quarantaine, dépassait Nando d'au moins une tête. Cheveux noirs, bouclés, il portait une paire de lunettes à la monture métallique extrêmement fine.

– Inspecteur, voici mes collègues. Samir Karaoui…

– Bonjour.

Le second, la cinquantaine, trapu, les cheveux mi-longs, poivre et sel, une barbe énorme lui mangeant le visage, les yeux clairs, était assis sur la console de commande. Il avala une gorgée de café, écrabouilla son gobelet et le jeta à la poubelle.

Michel Pujo désignant l'homme, le présenta :

– Et Jules...

– Alain Mouty, rectifia l'homme.

S'adressant à Nando, il ajouta :

– Michel Pujo vient de nous communiquer la terrible nouvelle. Nous sommes consternés, vous savez. Je n'arrive pas à y croire. J'ai l'impression qu'on va le voir franchir cette porte, et... Qui a pu faire ça ?

Nando haussa les épaules.

– Vous voulez un café, inspecteur ? proposa Samir Karaoui.

L'inspecteur divisionnaire détestait le goût de ces boissons lyophilisées.

– Non merci, lui répondit-il.

– Moi, je veux bien... Mais sans sucre ! dit Michel Pujo.

Samir Karaoui mit un jeton dans l'appareil. Un liquide très clair coula dans le gobelet.

– Nous nous sommes battus pour avoir cette machine, remarqua-t-il en lui assénant un coup de pied amical. Mais parfois, elle nous joue des tours...

Puis il laissa tomber trois sucres dans son café.

Nando voulait revenir à l'affaire qui le préoccupait, il répéta :

– Qui a pu faire ça ? En attendant, messieurs, j'ai quelques questions à vous poser. Tout d'abord, quand avez-vous vu M. Mazeau pour la dernière fois ?

– Nous avons passé la soirée tous les quatre, lui répondit Michel Pujo. Nous avons assisté au tir, comme d'habitude, de la montagne Carapa.

– J'y étais aussi. Mais je suis étonné que vous n'ayez pas assisté au tir depuis la salle Jupiter.

– Les premières années, c'est ce que nous faisions. Mais au PC, tout se passe sur écran. Et c'est moins... moins excitant.

– Je comprends. Vous vous êtes donc quittés le tir terminé ?

– On a discuté un bon quart d'heure après l'explosion, peut-être une demi-heure et puis nous sommes partis chacun de notre côté. Nous étions très fatigués par la campagne de lancement et vous imaginez que le moral venait d'en prendre un sacré coup.

– Quelle heure était-il ?

– Environ vingt et une heures.

Nando hocha la tête. Vingt et une heures, c'était à peu près l'heure à laquelle il était lui-même rentré chez lui.

– Vous êtes repartis chacun avec votre voiture ?

– Non. J'étais allé chercher Paco rue des Alizés. Il préférait ne pas conduire. Je pense qu'il se sentait fatigué. Mais au retour, il n'a pas voulu que je le raccompagne. Il est rentré à pied, je crois.

Nando fit un rapide calcul. Entre la montagne Carapa et la maison de la victime, il y avait au moins une heure de marche. Une heure et demie pour un homme fatigué. Or Pascale Desroches affirmait que la mort était survenue aux alentours de vingt et une heures. Laurent Mazeau n'avait donc pas eu le temps de rentrer chez lui. Il avait été assassiné quelques minutes après avoir quitté ses collègues de travail. Le lendemain matin, son corps avait été retrouvé près de sa propre voiture sur la route de Sinnamary…

Une sonnerie retentit. Michel Pujo regarda sa montre.

– Maintenant, inspecteur, nous devons quitter la salle. Nous restons bien sûr à votre service.

– Un dernier point, si vous le permettez… Pourriez-vous me donner quelques informations au sujet du dossier 13A ?

Michel Pujo avala sa salive. Son regard croisa ceux de Mouty et de Karaoui.

– C'est un dossier confidentiel... Il est même classé secret.

Nando l'interrompit.

– Rassurez-vous, je ne suis pas un espion. Éclairez-moi seulement sur son contenu !

Samir Karaoui se racla la gorge.

– Le dossier 13A traite de la commande de mise à feu des moteurs d'appoint des satellites.

– Et où peut-on le trouver ?

– Il est consigné dans cette armoire, répondit Alain Mouty. En aucun cas, il ne doit passer la porte de la salle de commande du générateur.

Nando hocha la tête. Pourtant, l'un de ces trois hommes avait sans doute transgressé cet ordre. Et si l'assassinat de Laurent Mazeau avait un rapport quelconque avec l'explosion de la fusée Ariane ?

CSG, 17 h 05.

Le chef de la sécurité attendait patiemment devant la grille.

– Tenez, voici votre laissez-passer ainsi qu'un badge que vous devrez coller sur le côté gauche de votre pare-brise.

– Je vous remercie.

– De rien.

La Fiat démarra. Nando toussota. Ces passages incessants entre l'atmosphère tropicale et l'ambiance climatisée n'étaient pas très bons pour la gorge. Il demanda :

– La surveillance est-elle réellement très stricte ?

– Sans faille, monsieur.

– Il est donc impossible de s'approcher des fusées... Y a-t-il parfois des visiteurs arrêtés ?

– J'ignorais que vous vous intéressiez également à l'accident...

– Je n'exclus aucune hypothèse. L'explosion d'Ariane et l'assassinat de Laurent Mazeau sont peut-être liés.

– Dans ce cas, j'ai certainement un document qui ne vous laissera pas indifférent, monsieur.

Nando se dressa sur son siège.

– Toutes les allées et venues sont enregistrées sur cassettes au PC de la sécurité.

Le soleil plongeait à l'horizon, boule orange mêlée au vert de la forêt. Baptiste Daudel éprouva le besoin soudain de se justifier :

– Ce genre de proposition n'est pas du tout mon style. Mais vous m'êtes fort sympathique. Le souvenir de mon oncle, peut-être.

Nando sourit intérieurement. Il avait touché la corde sensible. Le chef de la sécurité reprit :

– Et puis j'avais beaucoup d'estime pour Laurent Mazeau. Je rapporterai la cassette en question chez moi ce soir. Passez à mon domicile demain matin. Disons à huit heures…

UNE NUÉE DE FOURMIS VOLANTES TOURBILLONNAIT

Domicile de Nando, 19 h 45.

Une nuée de fourmis volantes tourbillonnait autour des lampadaires de la plage. Nando ferma les jalousies de la terrasse. Il se servit un verre de jus de papaye glacé et s'installa sur le sofa.

La radio diffusait régulièrement des nouvelles concernant l'explosion d'Ariane. Nando y prêtait chaque fois une oreille attentive :

– Le sondeur à ultrasons d'un bâtiment de la Marine nationale a repéré en fin de matinée le moteur incriminé dans l'explosion de la fusée. Il s'agirait bien du moteur du satellite. Celui-ci se trouverait actuellement sur un banc rocheux à environ huit mètres de profondeur, entre l'île du Diable et l'île Saint-Joseph. Une météorologie particulièrement favorable devrait permettre aux hommes-grenouilles du corps spécialisé des sapeurs-pompiers de Paris de le remonter avant demain soir.

Lovée dans la bibliothèque entre le *Code pénal* et *Les Aventures d'Indiana Jones*, Miss Marple refusait obstinément de rejoindre Nando.

Comme d'habitude, Nando lui confia les premiers résultats de son enquête.

– Si les mobiles de l'assassin me sont encore obscurs, chère Miss Marple, je puis malgré tout émettre une hypothèse quant aux circonstances du meurtre. Je pense que Laurent Mazeau connaissait l'homme qui l'a tué. Ce dernier l'a invité à le raccompagner alors qu'il rentrait chez lui à pied. En montant dans la voiture, son agresseur l'a assommé. Il n'était pas sûr de l'avoir tué. Alors il l'a étranglé...

Un courant d'air souleva le rideau. C'était le vent de la marée descendante. Nando frissonna. Miss Marple n'en fut pas dérangée. Elle suivait avec beaucoup d'attention les propos de l'inspecteur divisionnaire. L'enquête devenait suffisamment excitante à son goût.

– Puis, continua Nando, il est allé chercher la voiture de sa victime avenue des Alizés. Après avoir embarqué le corps, il a improvisé ce simulacre d'accident. Une mise en scène grossière qui me fait dire que le meurtre n'a pas été prémédité. L'assassin est ensuite revenu à pied jusqu'à Kourou, à environ deux heures et demie de marche.

Miss Marple sortit trois fois sa langue bifide.

– Tu as raison, ajouta Nando. Il est passé par Kourou pour récupérer sa propre voiture.

Il leva son verre et fit jouer la couleur orangée de la papaye dans la lumière de sa lampe halogène.

– Mes premiers suspects sont bien sûr ses collègues de travail. Michel Pujo affirme qu'ils étaient soudés comme les doigts de la main. Alain Mouty m'a joué la consternation. Quant à Samir Karaoui, je l'ai trouvé faussement détendu. J'avoue qu'aucun d'eux ne m'a convaincu... Et puis, il y a l'histoire de ce dossier 13A. Subtilisé et remis à sa place très discrètement. Mais pas assez pour que Laurent Mazeau, un homme extrêmement méticuleux, ne s'en rende compte.

Le téléphone sonna.

– Pascale Desroches...

– Bonsoir, docteur.

– Je viens de terminer l'autopsie, inspecteur. Avant d'être étranglée, la victime a bien été assommée comme nous le supposions, à l'aide d'un objet lourd, sans doute métallique.

– Une manivelle ou un instrument dans ce genre ?

– C'est fort possible. Le cuir chevelu est ouvert sur environ six centimètres au niveau pariétal et le coup a entraîné une fêlure de la boîte crânienne. Votre collègue de l'identité judiciaire est venu comparer les empreintes relevées sur la voiture avec celles du cadavre.

– Rochat ? Et alors ?

– Sur la portière du conducteur, une autre série d'empreintes se superpose à celles de Laurent Mazeau…

– Extra ! Faites-moi parvenir votre rapport le plus tôt possible, docteur. Et si on disait ce soir ?

– Vous connaissez le *Cric Crac* ?

– Absolument pas…

– Un excellent restaurant créole de Rémire. On y sert de délicieuses fricassées. C'est à trois quarts d'heure de chez vous, je vous y attends. Nous pourrons parler un peu de la Guyane.

Il était rare que Nando acceptât une invitation à dîner. Mais ce soir-là, il avait particulièrement envie de se détendre. Et la jeune femme avait de l'allure.

– Pourquoi pas, répondit-il en croisant

le regard faussement indifférent de Miss Marple.

Le téléphone sonna de nouveau. Nando décrocha.

– Inspecteur de Torstein, annonça-t-il.

– Bourguignon, de la DST, maugréa son interlocuteur. Je suis délégué par le ministère pour enquêter sur l'affaire de l'explosion de la fusée Ariane. Et je me suis laissé dire que vous interrogiez le personnel du Centre spatial à ce sujet... Je ne mâcherai pas mes mots, cher collègue. Vous empiétez sur mon terrain.

Nando se redressa. Ses yeux lancèrent des étincelles. Ses sourcils dessinèrent un « V» parfait.

– Vous vous méprenez ! se récria-t-il. Je suis chargé par le substitut du procureur d'enquêter sur un homicide... Il se trouve que la victime travaillait au CSG. Et votre fusée Ariane, cher collègue, n'est pour moi qu'une simple pièce à conviction...

– N'insistez pas, de Torstein, ou votre séjour à Kourou risque fort d'être écourté.

Nando raccrocha sèchement le combiné. Les menaces n'avaient jamais eu de prise sur lui. Et ce Bourguignon ne lui gâcherait certainement pas sa soirée.

Chez Baptiste Daudel,
dimanche 25 novembre, 8 h 30.

La nuit passée à chasser les moustiques avait presque fait oublier à Nando les brochettes d'iguane et la délicieuse soirée en compagnie du charmant médecin légiste.

Les yeux pleins de sommeil, il gara sa voiture devant le domicile de Baptiste Daudel. Celui-ci habitait dans un quartier pavillonnaire, destiné en partie au personnel du CSG, dont les petites maisons blanches étaient collées les unes aux autres.

Nando était accompagné de Miss Marple. En vingt ans de service, il n'avait jamais connu d'adjointe manifestant autant d'intérêt pour ses enquêtes que son boa constrictor.

Baptiste Daudel l'attendait devant la porte. Par prudence et par politesse, Nando lui tendit la main et demanda :

– Vous n'êtes pas allergique aux serpents ?

– Absolument pas.

Les deux hommes s'installèrent sur un canapé couvert d'un madras aux couleurs vives. Miss Marple se cala sur l'accoudoir.

Baptiste Daudel pointa la télécommande vers le magnétoscope.

– Le passage que je vais vous montrer a été filmé dix jours avant le lancement de la fusée, entre dix-neuf heures trente et une et dix-neuf heures quarante-sept.

Sur l'écran apparut soudain la tour de lancement. Il faisait nuit. La fusée, d'une blancheur étincelante, était éclairée par de puissantes rampes de spots. Elle dominait les installations du haut de ses soixante mètres. La caméra tourna lentement.

– Sur la droite, vous voyez le centre de lancement. C'est de ce bunker que sont commandées toutes les opérations de remplissage des réservoirs de la fusée. C'est également dans ce bâtiment que l'on démarre la procédure de lancement. Regardez bien. Quelqu'un va en sortir.

Nando plissa les paupières. Il chaussa ses lunettes. Miss Marple regardait non sans curiosité l'écran de télévision.

Une porte s'ouvrit. Un homme en costume noir apparut. Il se dirigea vers une voiture.

– Dan Chalaye, murmura Nando.

– Exact. Il est dix-neuf heures trente-trois.

– Qu'est-il allé faire ?

– Le vigile installé aux écrans de surveillance a dû se poser la même question que vous, inspecteur. Et par curiosité, il s'est amusé à suivre Dan Chalaye avec sa caméra.

Le zoom montrait maintenant le directeur du CSG au volant d'une voiture de service.

– Il quitte la zone ELA3. Il passe maintenant devant les bâtiments S2 et S4. Il se gare devant le bâtiment S3B.

– Et là ? demanda Nando.

– Il entre dans le centre d'assemblage du satellite.

– La présence du directeur du Centre spatial est-elle normale à cet endroit ?

– Le directeur a signalé avoir été appelé par un coup de fil anonyme. Or, à cette heure-là, il n'y a plus personne en S3B. De plus, le bâtiment se trouvait sans surveillance.

– Sans surveillance ?

– Deux minutes auparavant, le garde de nuit a reçu un faux appel d'urgence. Il a dû abandonner son poste et se rendre le plus vite possible en zone ELA1, c'est-à-dire dans la partie la plus excentrée du CSG.

– Évidemment… Est-il possible de savoir d'où venaient ces coups de téléphone ?

– Nous avons demandé au standardiste.

– Et alors ?

Baptiste Daudel se leva. Il ouvrit un tiroir.

– Aucun de ces deux appels n'est passé par le standard. C'est la ligne intérieure qui a été utilisée. Mais ce n'est pas tout… le vendredi 23 novembre, à neuf heures trente, nous avons reçu ce mot à la division sauvegarde sol :

Baptiste Daudel tendit une enveloppe à Nando. Celui-ci l'ouvrit et lut :

M. Dan Chalaye est impliqué dans une affaire d'espionnage qui fera très bientôt beaucoup de bruit.

Il replia le papier.

– Anonyme, bien sûr. Vous n'en avez parlé à personne ?

– Non !

– Même pas à la DST ? Pour quelles raisons ? C'est peut-être capital !

– Ce type de message est monnaie courante. Avant chaque tir, nous recevons des coups de téléphone ou des lettres anonymes. Tout le monde n'aime pas la fusée Ariane. Nous archivons, nous prenons note des appels. Parfois, nous menons notre propre enquête... Nos dossiers sont à la disposition de la DST.

Dan Chalaye aurait-il pu saboter la fusée ? Qui était l'assassin de Laurent Mazeau ? Ces deux affaires étaient-elles vraiment liées ? Nando se demanda dans quel imbroglio il avait mis les pieds.

– Baptiste, quel est votre point de vue ? s'enquit Nando en désignant du menton le poste de télévision.

– À mon avis, c'est un coup monté.

– Vous ne soupçonnez pas Dan Chalaye ?

Un sourire éclaira le visage plutôt froid de Baptiste Daudel.

– Vous savez, je connais bien M. Chalaye. Cet homme tombe amoureux de chaque fusée qu'il envoie dans l'espace. Et puis, pour quelqu'un qui a appelé sa propre fille Ariane…

– Mais peut-être a-t-il subi des pressions… Peut-être le fait-on chanter, je ne sais pas…

– Cela m'étonnerait.

– Pourriez-vous m'indiquer où il habite ?

– Villa *Les Orchidées*. C'est une des plus belles maisons de la ville. Elle se trouve sur la gauche, en direction de l'ancienne nationale 1.

Nando quitta Baptiste Daudel après l'avoir remercié.

Un éclair illumina le ciel. On entendit l'averse crépiter sur la forêt. Nando se dépêcha de monter dans sa voiture.

– Et toi, Miss Marple. Qu'en penses-tu ?

Le boa constrictor se contenta de s'enrouler confortablement sur le siège du passager.

NANDO TRAVERSA KOUROU

Villa des Orchidées, 9 h 30.

Nando traversa Kourou sous une pluie battante.

Miss Marple se lova sur la plage arrière de la voiture. Sans doute a-t-elle besoin d'un peu de solitude, se dit Nando. Il décida de la laisser à ses pensées.

– Je ne serai pas long, ma chère ! Garde la voiture…

Il se gara devant la villa *Les Orchidées*. La pluie cessa comme par enchantement. Une bouffée de chaleur monta immédiatement du sol, créant un véritable sauna.

Il appuya sur le bouton de l'interphone.

– Qui est-ce ? demanda une voix jeune.

– Inspecteur de Torstein. Je souhaiterais parler à M. Chalaye.

– Entrez !

La porte de la villa s'ouvrit. Ariane Chalaye apparut. Petite, vive, les cheveux noirs, mi-longs, elle avait les traits de son père avec en prime un sourire malin au coin des lèvres, et deux charmantes fossettes.

– Je vous en prie, inspecteur, dit-elle très poliment en lui indiquant le salon.

– Ton père n'est pas là ? lui demanda Nando.

– Il ne va pas tarder. Il est parti chercher du pain. Vous faites vous aussi une enquête sur le sabotage ?

– Le sabotage... le sabotage, répéta Nando. Tu sais, rien n'est encore prouvé !

– Rien n'est prouvé, mais il ne faut pas être très malin pour deviner qu'il s'agit bien d'un sabotage.

– Tu crois cela, Ariane !

– Vous connaissez mon prénom ? s'étonna-t-elle.

– Moi aussi, je sais des choses.

– Je vois...

– Alors, dis-moi. Ariane, la fusée bien entendu, aurait-elle des ennemis ? La navette Challenger, par exemple...

La jeune fille eut un sourire moqueur.

– Vous ne semblez pas très bien renseigné, inspecteur. Challenger et les Américains ne sont pas seuls dans la course vers l'espace. Maintenant, il faut compter avec la concurrence japonaise. Sans oublier les Russes. Zenit, vous connaissez ? 57 mètres, trois étages, 459 tonnes. C'est le plus efficace de leurs lanceurs. Il intéresse la société Boeing. Il y a aussi la nouvelle génération de fusées Proton... qui sera opérationnelle cette année ! Une véritable menace pour l'Europe. Et savez-vous qu'en ce moment Russes, Ukrainiens, Américains et Norvégiens transforment une ancienne plate-forme pétrolière en base de lancement mobile ?

– En effet... marmonna Nando, surpris. Quel âge as-tu ?

– Je viens d'avoir douze ans.

– Sans doute sais-tu aussi comment on a saboté la fusée ?

– Bien sûr ! C'est simple ! Il a suffi de commander son explosion en vol à partir d'une radio.

– Ariane est donc équipée d'un système d'autodestruction ?

– Comme toutes les fusées, inspecteur. Si elle dévie de sa trajectoire, un officier de gendarmerie appuie sur le bouton, et hop ! Le dispositif, fabriqué par une entreprise belge, est télécommandé par un signal radio. La fréquence en est évidemment gardée top secret !

– Évidemment...

Il aurait été possible d'agir sur les fréquences radio du dispositif d'autodestruction, songea Nando.

La porte d'entrée s'ouvrit, interrompant Nando dans ses pensées.

– Ah ! Je vois que ma fille vous ennuie avec ses histoires !

Nando se retourna. Dan Chalaye avait une baguette de pain dans chaque main.

– Pas le moins du monde. Ce qu'elle raconte est au contraire captivant. Et cette histoire de système d'autodestruction...

– J'ai entendu la fin de votre conversation. Ariane a parfaitement raison. Ce dispositif est prévu. Il a déjà été utilisé dans le passé. Notamment le jour de l'explosion d'Ariane.

– Votre fille semble passionnée par votre métier...

– Elle lit trop, vous voulez dire. Elle a sans cesse le nez dans mes revues spécialisées. Mais je vous trouve vous-même fort intéressé par l'explosion de notre fusée. Ariane n'est pourtant pas au cœur de votre enquête...

– Mes collègues de la DST me le rappelaient encore hier. Je vous remercie.

– Alors que me vaut votre visite, inspecteur. Auriez-vous du nouveau ?

– Oui, plutôt monsieur Chalaye... Pourrions-nous nous entretenir en particulier ?

Le directeur du CSG emmena Nando dans son bureau. C'était une vaste pièce ouverte sur une véranda exposée au nord. À travers les baies vitrées et la rangée de cocotiers nains, on apercevait les crêtes des vagues. L'océan se trouvait à une centaine de mètres.

Nando prit place dans un fauteuil Louis XV.

– Monsieur Chalaye, je n'irai pas par quatre chemins. Où étiez-vous le mardi 13 novembre à dix-neuf heures trente ?

Dan Chalaye s'étonna :

– Inspecteur, je ne m'attendais pas à devoir répondre un jour à pareille question !

– Essayez de vous souvenir...

– J'étais au ELA3, sans doute, ou à mon bureau !

– Vous étiez au ELA3, c'est exact. Mais ne vous êtes-vous pas rendu au bâtiment S3B ?

– En effet. Je n'y pensais même plus.

– Qu'alliez-vous y faire ?

– Je n'en sais rien.

– Que voulez-vous dire ?

– J'ai reçu un coup de fil. Un type qui me demandait de venir le rejoindre devant le S3B.

– Pour quelle raison ?

– Il n'était pas très clair. Le ton de sa voix était inquiétant, presque menaçant. Il me demandait de venir seul et le plus vite possible. Il voulait me révéler je ne sais quoi. Je me suis précipité, j'ai sauté dans ma voiture. Quand je suis arrivé là-bas, il n'y avait personne, même pas le garde. J'ai fait le tour du bâtiment, et je suis revenu à mon bureau d'où j'ai averti le service de sécurité pour la forme. J'ai... j'ai cru à une plaisanterie...

– Vous avez été filmé !

– C'est normal. La division sauvegarde sol surveille tous les déplacements.

– Encore une question monsieur Chalaye. Le jour du tir, à quelle heure avez-vous quitté le Centre spatial ?

– Il devait être quatre heures du matin.

– J'allais oublier, continua Nando. Vendredi matin, le chef de la division sauvegarde sol a reçu cela !

Il lui tendit l'enveloppe remise par Baptiste Daudel. Son regard ne lâchait plus celui du directeur. Comment allait-il réagir en découvrant la lettre l'accusant d'espionnage ?

DAN CHALAYE S'ASSIT TRANQUILLEMENT

10 h 10.

Dan Chalaye s'assit tranquillement et, prenant un air fataliste, expliqua :

– Ce genre de lettre est hélas monnaie courante, inspecteur. Nous en possédons des cartons pleins. Les écologistes nous ont déclaré la guerre. Les indépendantistes ne nous aiment pas. Certains détraqués vont même jusqu'à faire une véritable fixation sur notre belle Ariane. Nous lançons pourtant des satellites dans l'intérêt de la planète.

Dan Chalaye se passa la main sur le front. Il conclut :

– Mais nous ne nous laissons jamais impressionner !

– Avez-vous des ennemis, monsieur Chalaye ?

Le directeur du Centre spatial sourit.

– Je ne voudrais pas vous contrarier, inspecteur, mais j'ai la sensation que vous vous trompez.

– Avez-vous des ennemis, monsieur Chalaye ? répéta Nando.

– Je ne pense pas. Au travail je sais qu'on me considère comme quelqu'un de très dur, d'excessivement autoritaire. Mais il le faut, inspecteur. Nous lançons à Kourou la moitié des satellites du monde. Nous n'avons pas le droit à l'erreur.

– Justement ! Réfléchissez bien, monsieur Chalaye. Qui donc aurait intérêt à ce que vous commettiez une erreur ?

– Je n'en sais rien.

– Très bien. Depuis quand connaissiez-vous M. Mazeau ?

Dan Chalaye esquissa un sourire. Il releva la tête.

– Je vais sans doute vous étonner, inspecteur. J'ai connu Paco il y a une trentaine d'années. Nous étions militaires ensemble, au 58e régiment de transmissions, à Maisons-Laffitte. J'étais jeune lieutenant, et je commandais la section dans laquelle se trouvait le sergent-chef Mazeau. Il se révéla très vite être un homme de confiance. Si la section tournait, c'était en grande partie grâce à lui.

– Dans quelle compagnie étiez-vous ?

– La compagnie de commandement… J'y ai été affecté en… en février 1966. À la fin de l'année 1968, Paco a souhaité quitter l'armée. J'ai donc appuyé sa candidature pour qu'il entre au Centre spatial guyanais.

– Qui venait d'ouvrir ses portes, fit remarquer Nando. C'est ensuite vous qui l'y avez rejoint ?

– En effet. Longtemps après. En 1991, alors que je venais de passer colonel, j'ai posé ma candidature pour le poste de directeur du CSG.

La sonnerie du téléphone interrompit la conversation.

– Excusez-moi, inspecteur… Dan Chalaye à l'appareil… Comment ? … Vous en êtes sûr ? … J'arrive !

Dan Chalaye raccrocha le combiné, le visage blême. La sueur perlait à son front.

– On a saboté la fusée Ariane !

– Votre fille avait raison.

– C'est sérieux, inspecteur. Un dispositif électronique appliqué sur le moteur du satellite a mis le feu au réservoir. L'explosion était réglée 70 secondes après le décollage.

– Cela a donc suffi à pulvériser la fusée ?

– La coque des réservoirs n'a pas plus de deux millimètres d'épaisseur, inspecteur. Et elle vole à près de deux kilomètres par seconde. La moindre vibration peut lui être fatale. Alors l'explosion d'un moteur, vous imaginez !

Dan Chalaye se dirigea vers la porte.

– Je suis obligé de me rendre au Centre spatial, inspecteur. La DST...

– Monsieur Chalaye, encore une question, s'il vous plaît.

Dan Chalaye s'immobilisa.

À la lumière de ce qu'il venait d'apprendre, Nando avait de plus en plus le sentiment que l'assassin et le saboteur étaient la même personne.

Il demanda :

– Si vous deviez trafiquer le système de mise à feu du moteur du satellite, à quel moment et à quel endroit le feriez-vous ?

Le directeur baissa la tête. Il se mordit les lèvres.

– La logique voudrait que je... j'agisse après les derniers contrôles... dans les quinze jours qui précèdent le lancement.

– C'est-à-dire ?

– Trois possibilités s'offrent au saboteur. Soit après la radiographie en salle S4.

– Où travaillait Laurent Mazeau...

– Soit après l'assemblage et le remplissage du réservoir du satellite en salle S3B.

– Là où vous avez été surpris par une caméra vidéo.

– Enfin, mais ce serait beaucoup plus délicat, pendant le transport ou avant la mise en place de la coiffe protégeant le satellite.

– Pourquoi cela vous paraît-il délicat ?

– Ce sont des opérations auxquelles nos techniciens ne procèdent jamais seuls. Il y aurait trop de témoins…

– Je vous remercie, monsieur Chalaye.

MISS MARPLE S'ÉTAIT LOVÉE SOUS LE SIÈGE

Miss Marple s'était lovée sous le siège du conducteur. Nando ouvrit en grand toutes les vitres de la voiture.

– J'ai comme l'impression, chère amie, qu'il s'est passé quelque chose d'intéressant aux alentours de l'année 68. Nous allons tenter d'en savoir plus long.

Il décrocha sa radio et appela le commissariat :

– November Alpha pour Hôtel Papa[1]... November Alpha pour Hôtel Papa, me recevez-vous ?

– Hôtel Papa, à vous...

– J'aurais besoin de renseignements concernant le 58e régiment de transmissions stationné à Maisons-Laffitte.

– Je vous écoute.

– Il me faudrait la liste complète du personnel de la compagnie de commandement

1. November Alpha : NA = Nando ; Hôtel Papa : HP = hôtel de police, indicatifs utilisés par la police.

entre janvier 1966 et décembre 1968. Je voudrais également des rapports détaillés au sujet de Dan Chalaye et de Laurent Mazeau.

– Bien reçu, November Alpha... Au fait, un inspecteur principal de la DST vient de téléphoner. Un certain Bourguignon. Il paraît que vous mettez un peu trop le nez dans leurs affaires...

– Bien reçu, Hôtel Papa... Terminé !

Nando démarra.

– Ce Bourguignon de la Sûreté a raison, chère Miss Marple. Nous devrions prendre du repos. Ne sommes-nous pas dimanche ?

À la sortie du vieux bourg, Nando fut ralenti par une manifestation. Une quarantaine de personnes marchaient lentement sur la chaussée. Sur une banderole, on pouvait lire :

ARIANE TUE LA GUYANE

Nando donna un petit coup de klaxon.

Un homme sortit du groupe et se dirigea vers lui. Il posa la main sur le toit de sa voiture.

– C'est une manifestation écologiste. Je suis le président de l'association La Forêt en colère. Tu nous rejoins ?

– Pas vraiment, lui répondit Nando, surpris par le tutoiement, j'espérais me rendre chez moi.

Mais le point de vue des écologistes sur la question de la fusée et du Centre spatial l'intéressait au plus haut point. Il décida de profiter de l'occasion pour en savoir plus :

– Ariane en Guyane, vous ne trouvez pas que c'est plutôt un atout pour le développement de la région ? Le Centre spatial est source d'emplois. C'est un puissant partenaire financier du développement économique local...

– Un atout... ça dépend de quel point de vue tu te places ! Pour les industriels, d'accord, c'est un atout. Mais pour la forêt, c'est plutôt un désastre !

L'homme s'agitait et levait les bras comme si le ciel allait lui tomber sur la tête. Il continua :

– Après chaque tir d'Ariane, des tonnes d'acide retombent sur la végétation. Tu le savais ?

– Non...

– Cent tonnes d'acide chlorhydrique vaporisées sur les arbres. Observe les feuillages autour du Centre spatial. Ils sont brûlés.

– Cent tonnes d'acide ! s'exclama Nando, subjugué.

– Cent soixante tonnes d'alumine, plus cent quarante tonnes d'oxyde de carbone, plus quarante tonnes d'azote. Mais il n'y a pas que la faune et la flore qui en pâtissent. En cas de vents défavorables, les pluies acides retombent sur les villes de l'ouest. Et rien n'est prévu pour la sauvegarde des populations. La fusée, c'est une vraie catastrophe !

– J'aurais cru le contraire, s'étonna Nando. Il doit bien y avoir des retombées financières...

Miss Marple, qui ne voulait rien manquer de la conversation, sortit de sous son siège. Elle rampa sur le tableau de bord et regarda l'individu avec circonspection.

– Justement ! L'argent pleut à grosses gouttes ! Pour que personne n'empêche sa fusée de décoller, la France a fait de la Guyane une société d'assistés, mon vieux ! Et l'argent du gouvernement, il y en a qui en profitent plus que les autres. J'en connais qui s'arrangent pour en détourner des paquets...

– Vous pensez qu'Ariane a été sabotée ?

L'homme regarda Nando avec perplexité. Il passa la main dans sa barbe et demanda :

– Tu es de la police ?

– En quelque sorte, je suis inspecteur...

– Hum... tu sais, si elle a été sabotée, ce n'est pas par nous. On est des contestataires mais pas des criminels.

– Je n'accuse personne ! assura Nando.

– En tout cas, j'aurai assisté hier au feu d'artifice le plus cher de ma vie ! ironisa son interlocuteur.

Les manifestants s'engagèrent dans une rue perpendiculaire. Nando fit un signe de la main et démarra. L'homme le rappela :

– Eh, inspecteur !

– Oui ?

– Tu ne penses pas que ton boa serait plus heureux dans son environnement naturel ?

Appartement de Nando,
dimanche 25 novembre, 11 h 25.

En ouvrant la porte-fenêtre de son balcon, Nando découvrit à l'angle du mur une magnifique mygale grosse comme le poing.

– Ah ! Nous avons de la visite, chère Miss Marple.

Il monta sur une chaise pour l'observer de plus près. L'araignée ne sembla pas gênée par sa présence. Elle continua de tisser lentement sa toile en forme de cloche.

– Charmante !

Nando descendit de son promontoire. Il

fronça les sourcils, prenant son air d'expert en la matière.

– Je pense que nous avons à faire au genre *avicularia avicularia*, plus communément appelé *matoutou*. Quelle chance ! Ce discret arachnide nous débarrassera des insectes importuns. Qu'en penses-tu, Miss Marple ?

En règle générale, Miss Marple n'appréciait guère la présence chez elle d'autres animaux de compagnie. Nando le savait par expérience.

– Ne t'inquiète pas ! dit Nando en lui caressant la tête. Tu seras toujours ma préférée !

Il se dirigea vers la bibliothèque. Son choix se porta sur un recueil de Jacques Prévert dont Miss Marple appréciait particulièrement certains poèmes.

Soudain, la sonnette retentit.

Nando se précipita à la porte.

Pascale Desroches, sac au dos, apparut sur le palier.

– Quelle surprise ! s'exclama Nando.

– Bonjour, inspecteur ! Je ne vous dérange pas ? Figurez-vous que je devais embarquer sur la navette des îles du Salut, et je crois que je suis arrivée en retard.

– Je vous en prie, entrez... et asseyez-vous.

Mais le sofa était déjà occupé par les deux mètres trente d'anneaux puissants et constricteurs du boa domestique. À la vue de l'ophidien, Pascale Desroches parut soudain nerveuse. Elle recula, son corps se tendit. Son visage se ferma. Nando la rassura :

– Miss Marple est absolument inoffensive, mademoiselle, dit-il en déplaçant l'ophidien de quelques décimètres.

– Miss Marple, répéta le médecin légiste avec étonnement. Et... et votre enquête, ça avance ?

Nando tira les rideaux. Il alluma le brasseur d'air et servit deux verres d'un délicieux cocktail de jus de fruits : mangue, goyave, maracudja, ananas et citron vert. L'une de ses nouvelles spécialités.

Il prit place sur le sofa auprès de Pascale Desroches qui avait daigné s'asseoir.

– Ce n'est pas si simple...

– Je pourrais peut-être vous aider à récapituler ?

– Avec plaisir...

Cette proposition semblait véritablcment l'enchanter.

– Alors, reprenons les choses du début.

Miss Marple se glissa sous le sofa, recherchant sans doute la fraîcheur relative du sol carrelé. Au passage, elle fit tomber le recueil de Jacques Prévert pour marquer son mécontentement.

Nando récapitula :

– Le vendredi 24 novembre à vingt heures treize, la fusée Ariane est pulvérisée en vol. Nous savons aujourd'hui que cette explosion est certainement due au sabotage du moteur du satellite. Le soir même, aux alentours de vingt et une heures, Laurent Mazeau, chef opérateur radiologue est assassiné. On le retrouve le lendemain matin, étranglé, sur la route de Sinnamary. Pour moi, ces deux événements ne se sont pas enchaînés de façon fortuite.

Nando ne parvenait pas à détacher son regard de celui du docteur Desroches. Il la trouvait décidément très envoûtante. Il reprit :

– Au contraire. Je pense que ces deux crimes sont étroitement liés. Première hypothèse, le saboteur et l'assassin sont deux personnes différentes. Et le saboteur s'appelle par exemple Dan Chalaye. Il s'est emparé du dossier 13A concernant l'allumage du moteur d'appoint du satellite pour trafiquer son système de mise à feu. Le mardi 13 novembre, il téléphone au garde du S3B en lui demandant de se rendre d'urgence en ELA1. Le garde s'exécute. Dan Chalaye monte dans sa voiture. Il se dirige vers le bâtiment S3B. Il entre. Il sabote le système informatique et disparaît. Laurent Mazeau sait que Dan Chalaye cherche à faire exploser la fusée. Mais, pour une raison que j'ignore encore, il garde le silence. Dan Chalaye, lui, ne peut prendre le risque qu'il parle. Le soir du tir, il s'arrange pour faire supprimer ce témoin trop gênant. Bon, mais cette hypothèse ne me satisfait pas trop. Ce Chalaye m'a l'air d'être au-dessus de tout soupçon. Seconde hypothèse, le saboteur et l'assassin ne font qu'un. Imaginons que l'individu soit extérieur au CSG.

– Un type à la solde d'écologistes virulents ou d'une organisation indépendantiste...

– Ou un agent des concurrents d'Arianespace.

Nando avala une gorgée de jus de fruits.

– J'avoue que ce cas de figure ne me convient guère. On a vu qu'il était pratiquement impossible de pénétrer dans le Centre sans être immédiatement repéré par la DSS. Et puis, pourquoi ce mercenaire se serait-il débarrassé du chef opérateur radiologue ?

– Celui-ci l'aurait surpris en train de saboter le satellite.

– Impossible, mademoiselle Desroches.

Laurent Mazeau aurait aussitôt donné l'alerte !

Pascale Desroches se leva. Elle se dirigea vers la porte-fenêtre.

– Imaginons alors que notre homme appartienne au personnel.

Nando enchaîna :

– Il a donc agi sans éveiller le moindre soupçon. D'après Dan Chalaye, la manipulation a certainement été exécutée après les dernières vérifications d'usage. Soit au bâtiment S4, soit au bâtiment S3B. Il est évident que mes présomptions pèsent plutôt sur le personnel du S4, où travaillait la victime. Cela porte le nombre de mes suspects à trois : Michel Pujo, Samir Karaoui et Alain Mouty. Que pensez-vous de cette démonstration, mademoiselle Desroches ?

– Hum ! Hum ! Je vois que vous n'avez pas considéré la question dans son intégralité, inspecteur.

– Pourriez-vous préciser votre pensée ?

– Le saboteur n'est autre que la victime ! Son geste a été commandité. Sans doute a-t-il reçu une forte somme d'argent.

– En effet... Rien de plus facile pour Laurent Mazeau que de trafiquer le système informatique de mise à feu. Il est le premier à entrer dans la salle de radiographie après les opérations. Mais pourquoi l'a-t-on assassiné ?

– Peut-être a-t-il ensuite eu des remords. Ses chefs ont eu peur qu'il ne craque, qu'il ne parle. Alors, au dernier moment...

Pascale Desroches but une gorgée de cocktail.

– Bon... Je ne vais pas vous déranger plus longtemps, inspecteur. Si vous avez du nouveau, tenez-moi au courant ! Bye !

La porte se referma. Nando attendit trente secondes.

– Sors de ta cachette, Miss Marple. Mademoiselle Desroches est repartie.

Il consulta sa montre. Midi passé.

– Déjeunons ! Nous irons ensuite voir à quoi ressemblent ces messieurs de la Sûreté...

NANDO ENTRA DANS LE BÂTIMENT S4

Bâtiment S4, 13 h 25.

Nando entra dans le bâtiment S4, accompagné par un garde de la division sauvegarde sol. Miss Marple avait préféré ne pas l'accompagner. Elle craignait le froid excessif des pièces climatisées du Centre spatial.

Nando passa les différentes portes blindées et chicanes menant à la salle principale.

Tout le gratin du CSG et du CNES[1] était là, soit une vingtaine de personnes.

Sur la plate-forme centrale se trouvait le moteur auquel était encore accrochée une partie du satellite. L'ensemble ressemblait vaguement à une carcasse de voiture qui aurait été broyée par un semi-remorque de 38 tonnes. De l'eau de mer s'égouttait des durites arrachées.

Près de Dan Chalaye, Nando aperçut

1. Centre national d'études spatiales.

deux hommes. D'après leur allure, ce ne pouvaient être que des policiers. Il se dirigea vers eux et se présenta, sourire en coin :

– Inspecteur divisionnaire de Torstein, je suppose que vous êtes de la Maison[1] ?

Le plus petit, tête de fouine, des yeux d'un bleu métallique serrés contre la racine du nez, lança :

– Bourguignon de la DST. Et mon adjoint Charlerie. On peut savoir ce qui vous amène, inspecteur ? Je pensais pourtant vous avoir prévenu...

– Ce qui m'amène ? Ce n'est un secret pour personne, cher collègue. J'ai été chargé par le substitut du procureur d'enquêter sur l'assassinat de Laurent Mazeau.

– Vous ne ferez pas long feu dans le secteur !

L'inspecteur Charlerie, visage rond, cheveux gras et trop longs, hocha la tête comme pour appuyer les menaces de son supérieur.

Soudain, Samir Karaoui et Alain Mouty demandèrent aux observateurs de s'écarter. Michel Pujo prit la parole :

– Messieurs, nous allons maintenant procéder à la radiographie du moteur. Je vous invite donc à respecter scrupuleusement les procédures de sécurité.

Nando s'approcha de Dan Chalaye.

1. Ministère de l'Intérieur.

– Quel est le but de cette manœuvre ?

– Elle permettra aux enquêteurs de confirmer ou d'infirmer la thèse du sabotage.

– Ce n'est donc pas une certitude ?

Dan Chalaye baissa le ton :

– Jusqu'à ce matin, c'était une certitude absolue, inspecteur. Mais il semblerait que des ordres soient venus de très haut pour qu'on étouffe l'affaire.

– Pour quelle raison ?

– Afin sans doute de ne pas inquiéter nos partenaires commerciaux. N'oubliez pas que les intérêts européens sont en jeu…

Les trois opérateurs firent évacuer la pièce.

Dès qu'ils furent tous rassemblés dans la salle de commande, Michel Pujo actionna le générateur de rayons X.

Installé près de la machine à café, Nando jeta un coup d'œil sur la poubelle. Les trois gobelets à café de la veille s'y trouvaient encore. Il se baissa, les ramassa avec délicatesse et les plaça dans sa sacoche. Il les confierait le plus tôt possible au laboratoire de Cayenne où travaillait l'inspecteur Rochat afin d'obtenir des relevés d'empreintes.

À la fin de l'opération, Michel Pujo prit la clé qu'il avait posée sur la console et rouvrit les portes blindées menant à la salle des radios. Nando consulta sa montre. Pujo revint au bout de trois minutes.

Interrogatoire d'Alain Mouty, 15 h 20.

Nando retint les trois opérateurs pour procéder à un interrogatoire en bonne et due forme. Il s'isola d'abord dans la salle de commande avec Alain Mouty.

– Monsieur Mouty, depuis quand connaissiez-vous Laurent Mazeau ?

– Nous nous sommes connus en Algérie. Je faisais mon service. Nous nous sommes retrouvés au CSG longtemps après...

– C'est-à-dire ?

– Consultez les fichiers, inspecteur. C'est écrit noir sur blanc. Vous savez, je n'ai rien à me reprocher.

– Je l'espère pour vous, monsieur Mouty. En attendant, je vous demanderai de répondre plus précisément à mes questions.

Alain Mouty fit claquer sa langue contre son palais.

– J'ai déjà répondu à vos collègues de la Sûreté.

– Nous n'enquêtons pas sur le même crime, monsieur. Eux s'intéressent à un sabotage, moi à un homicide.

– J'ai été embauché en mai 1993 sur concours.

– C'est donc relativement récent. Et vous avez accédé directement à ce poste de confiance ?

– Non ! Je suis au S4 depuis un an. La confiance se mérite, inspecteur. Toujours à l'heure, tenue impeccable, pas de faute professionnelle. Toujours présent, même le dimanche. Tenez, la preuve !

Nando eut un sourire narquois.

– Si l'on veut. Aujourd'hui, c'est particulier, vous avez été convoqué par mes collègues... À quelle heure quittez-vous le CSG d'habitude ?

– Vers dix-sept heures trente.

– Et le mardi 13 novembre, vous en souvenez-vous ?

– Je suis peut-être sorti vers dix-huit heures, il y avait du travail... Mais pas plus tard, c'est sûr !

« C'est sûr ! » Pourquoi avait-il besoin de le préciser ? se demanda Nando.

– Quelles étaient vos relations avec la victime ?

– Je vous le répète. Nous... nous nous connaissions depuis l'Algérie. Paco m'a beaucoup aidé, ça je peux le dire. C'est lui qui m'a tout appris dans le service de radiographie, inspecteur !

– Au départ, vous n'étiez donc pas particulièrement destiné à ce genre de travail ? Quelle est votre formation ?

Alain Mouty baissa les yeux. Ses lèvres vibrèrent.

– Ça ou autre chose... après des années de jobs à droite à gauche ! Ma force, c'est que je suis capable de m'adapter, inspecteur.

– Mais pour réussir ce concours d'entrée, vous deviez bien avoir un certain niveau, je ne sais pas...

– Comme beaucoup de gens, j'étais spécialisé dans l'informatique.

– Le jour où le moteur du satellite a été radiographié, n'avez-vous rien constaté d'anormal ?

Alain Mouty passa la main dans sa barbe...

– Lequel d'entre vous est retourné le premier dans la salle où se trouvait le satellite ?

– Paco ! C'était toujours Paco. C'est la procédure obligatoire...

– Michel Pujo a affirmé qu'il n'existait aucune concurrence entre lui et vous. Est-ce vrai ?

– Faut le dire vite...

– Qu'insinuez-vous ?

– Il y a un petit moment que M. Pujo, pour ne pas le nommer, fait des pieds et des mains auprès de la direction pour obtenir le poste de chef opérateur.

Nando se leva. Il avait gardé une fléchette empoisonnée pour la fin. S'apprêtant à observer la réaction d'Alain Mouty, il lâcha :

– Je vous pose toutes ces questions... mais c'est bien inutile. Nous avons relevé les empreintes de l'assassin. Demain au plus tard, il sera sous les verrous !

Les doigts d'Alain Mouty se refermèrent sur les paumes de ses mains.

MICHEL PUJO REFUSA DE S'ASSEOIR

Interrogatoire de Michel Pujo, 15 h 38.

Michel Pujo refusa de s'asseoir.

– Nous sommes dimanche, inspecteur. Voilà plus de quinze jours que nous sommes sur la brèche. Et le rythme est encore pire après un accident. Que voulez-vous que je vous apprenne de plus ?

Nando n'avait pas l'intention de se laisser influencer. Il attaqua :

– Vous avez été embauché au CSG la même année que Laurent Mazeau. Et je sais que vous êtes le plus ancien du service de radiographie. Vous avez débuté en 1989, c'est cela ?

– Vous êtes bien renseigné...

– Vous êtes bardé de diplômes, ce qui n'était pas le cas de Laurent Mazeau. Alors comment expliquer que vous n'ayez été que son adjoint ?

– Je ne connaissais pas les bonnes personnes, inspecteur. Dès que M. Chalaye est arrivé au CSG, il a pris Paco sous sa protection.

– Est-il exact que vous convoitiez son poste ?

– Convoiter n'est pas le terme approprié ! J'ai suivi la procédure officielle pour monter en grade !

– Quand un moteur vient d'être radiographié, qui retourne habituellement le premier dans la salle ?

– C'était toujours Paco, inspecteur. Les consignes...

– Cet après-midi, il ne vous a fallu que trois petites minutes pour aller dans la salle et revenir ici. Et pourtant, avec ces portes blindées, ces clés...

– J'ai reçu la même formation que lui. Je devais être opérationnel pour le remplacer en cas de besoin.

– Le mardi 13 novembre, à quelle heure êtes-vous sorti du CSG ?

– Après dix-sept heures trente, dix-huit heures peut-être !

– Se peut-il que l'un d'entre vous soit resté plus tard ?

– Impossible. On sort toujours tous les quatre ensemble. Paco a déposé la clé au poste de sécurité... Ce sera facile à vérifier. Les entrées et les sorties du personnel sont consignées dans un cahier à la DSS.

Nando toussa. L'air climatisé ne lui réussissait décidément pas.

– N'avez-vous jamais rien remarqué d'anormal dans les relations de vos collègues avec la victime ?

– Non... pas vraiment. Il y a eu une dispute, une fois, entre Samir et Paco...

– Une dispute ?

– Au sujet de l'Algérie. Je crois que Paco était un nostalgique de l'Algérie française.

– Ils en sont venus aux mains ?

– Non, je vous dis, c'était une simple dispute. Un échange de points de vue un peu mouvementé. C'est Alain Mouty qui les a calmés.

Nando s'apprêta à libérer son suspect.

– Vous prenez toujours votre café sans sucre ?

– Bien sûr, mais pourquoi cette question ?

Nando soupira...

– C'est vrai que je vous retiens bien inutilement, monsieur Pujo. D'autant plus que nous possédons un relevé d'empreintes de l'assassin.

Le visage de Michel Pujo se crispa.

– Alors vous le tenez ?

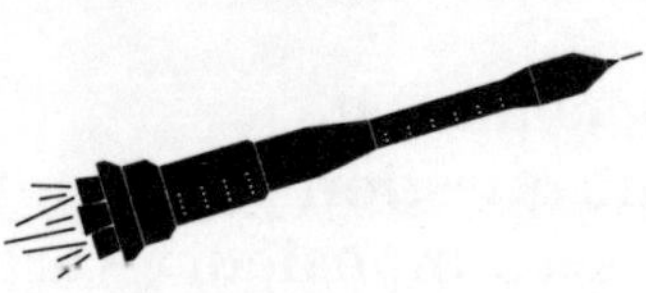

Interrogatoire de Samir Karaoui, 16 h 04.

Samir Karaoui prit place près de la console. Il paraissait anxieux. Ses mains tremblaient.

– Monsieur Karaoui, depuis quand travailliez-vous avec Laurent Mazeau ?

– Je suis dans le service depuis un an. Je bénéficie de contrats de quatre mois renouvelables...

– Vous risquez donc de perdre votre emploi à chaque fois que s'achève cette période ?

– Exact.

– Quelles étaient vos relations avec Laurent Mazeau ?

– Des relations de travail. Plutôt saines, je crois...

– Vous ne vous êtes jamais accrochés ?

– Jamais !

– Même au sujet de l'indépendance de l'Algérie ?

– Oh, ce n'était pas un accrochage. Une discussion, voilà tout. Mais il se trouve que le sujet revenait souvent. Mouty et Paco avaient fait l'Algérie ensemble. Alors en vieux compagnons d'armes ! Vous comprenez ?

Nando hocha la tête.

– J'ai une question purement technique à vous poser, monsieur Karaoui. Si le moteur d'appoint du satellite avait été trafiqué avant que les radios ne soient prises, l'auriez-vous remarqué ?

– Bien sûr ! Nous prenons en moyenne deux cents radios par moteur et nous étudions chaque cliché avec une minutie que vous ne pouvez guère imaginer.

– Ce qui signifie que le moteur a été saboté juste après...

– Sans doute.

Nando se gratta le front.

– Quand avez-vous vu la victime pour la dernière fois ?

– Pujo vous l'a déjà dit, inspecteur. Moi, je n'ai rien à ajouter.

– C'est ce que nous verrons le jour où vous ferez votre déposition. De toute façon, nous tenons l'assassin grâce à ses empreintes digitales. Je vous remercie.

Samir Karaoui ne broncha pas. Il chaussa ses lunettes de soleil et sortit de la pièce précipitamment.

De sa voiture, Nando téléphona à Baptiste Daudel...

– Baptiste, pourriez-vous me fournir le listing des entrées et des sorties du mardi 13 novembre entre dix-sept et vingt heures ?

IL AVAIT PLU TOUTE LA NUIT

Cayenne, identité judiciaire,
lundi 26 novembre, 7 h 20.

Il avait plu toute la nuit.

Nando gara sa voiture dans la cour du commissariat central de Cayenne. Il posa Miss Marple sur le volant.

– Attends-moi sagement, ma belle !

Il se dirigea vers le laboratoire anthropométrique, en évitant de marcher dans les flaques d'eau inondant le bitume.

L'inspecteur Rochat travaillait depuis l'aube. Nando l'avait averti de sa visite. Il ouvrit la porte. Un souffle d'air glacé jaillit du hall d'entrée.

L'inspecteur Rochat bâilla puis entraîna Nando dans la salle d'expertise.

– Que penses-tu de cette arme ? lui demanda-t-il en lui montrant un revolver posé sur une paillasse.

Nando ne fut pas long à répondre.

– Excellente imitation brésilienne d'un

Smith et Wesson 357 magnum. Je me trompe ?

D'un revers de la main, l'inspecteur Rochat remonta une bretelle de son pantalon.

– C'est bien cela, Nando. Tu n'as pas perdu l'œil. Pas plus tard qu'hier, un fou furieux s'est débarrassé de sa sainte famille avec ce truc-là. Cinq morts ! Un vrai carnage ! Alors, et ton enquête ?

– Ça avance...

Nando sortit avec délicatesse les trois sachets dans lesquels il avait pris soin de protéger les gobelets en plastique récupérés dans la salle de commande du générateur de rayons X.

– Tiens, je t'ai apporté quelques pièces à conviction.

– Des gobelets à café ?

– Le gobelet écrasé appartient à Alain Mouty. Celui avec des traces de sucre à Samir Karaoui. Celui sans sucre, à Michel Pujo.

– Tu fais les poubelles, maintenant ?

– En quelque sorte...

– Il ne fallait pas te déranger pour ça, vieux. Tu aurais dû m'envoyer quelqu'un au labo...

– J'avais envie de prendre l'air, lui répondit Nando. J'aurais rapidement besoin d'un relevé d'empreintes... J'ai de plus en plus envie de coincer mon assassin !

– Je compare ces empreintes avec celles relevées sur la Fiat de la victime ?

– C'est cela même !

– Repasse dans une heure, Nando. Un nuage de poudre de perlimpinpin[1] et je vais t'emballer ça !

Cayenne, route des Plages, 7 h 40.

La petite route serpentait entre deux rangées de balisiers géants. Sur la gauche s'étendaient de longues plages de sable blond. Les surfs et les planches à voile glissaient sur la crête des vagues.

La voix de Fabienne Baroni, une chanteuse locale, fut interrompue pour un flash spécial. Nando augmenta le volume de la radio...

– Une dépêche de dernière minute nous apprend que l'explosion de la fusée Ariane a été provoquée par la rupture accidentelle de la paroi d'acier du réservoir à poudre conçu et fabriqué par le pays propriétaire

1. Poudre de perlimpinpin : argot de la police, poudre utilisée pour réaliser les relevés d'empreintes.

du satellite. Les hauts responsables de l'Agence spatiale européenne, du CNES et de la société Arianespace se félicitent de ce que le prestige du lanceur Ariane n'a pas été entaché. La piste du sabotage, que nous avions évoquée dans le précédent flash d'information, est donc totalement abandonnée par les enquêteurs…

– Les intérêts européens, soupira Nando.

Il s'engagea à droite sur une piste de latérite et arrêta sa voiture au pied du mont Rorota. Un chemin de randonnée traversait la forêt primaire d'une luxuriance extraordinaire. Là, avec un peu de chance, il pourrait entrevoir la queue d'un serpent, les couleurs vives et chatoyantes d'une dendrobate[1] et pourquoi pas entendre le feulement d'un jaguar ou d'un puma. Une promenade propice à la réflexion…

Miss Marple s'enroula autour de son cou. Elle renouait avec son univers, et cela l'angoissait.

Le ciel était bas, chargé de nuages noirs.

Cayenne, identité judiciaire, 9 h 10.

Rochat brandit deux feuilles de relevés d'empreintes sous le nez de Nando.

– Tu tiens ton homme ! s'exclama-t-il.

1. Grenouille très colorée dont la peau contient un poison violent.

– Et comment s'appelle-t-il ? lui demanda Nando avec un pincement au cœur.

– Michel Pujo !

– Pujo ? Tu en es sûr ?

– Mettrais-tu en doute mes compétences ? Ce sont bien les empreintes que j'ai retrouvées sur la portière du conducteur. Il y en avait partout !

Nando appela immédiatement l'hôtel de police de Kourou pour qu'on mette le prévenu en garde à vue…

Route de Kourou, 9 h 30.

À hauteur du lieu-dit Guatemala, Nando doubla un peloton de cyclistes. Il siffla, admiratif. Il commençait à faire chaud. Mains cramponnées au guidon, les coureurs appuyaient comme des forcenés sur les pédales.

Nando plaça le coude en appui sur la vitre baissée. Un courant d'air chaud pénétrait le véhicule. Il jeta un coup d'œil dans son rétroviseur, les sportifs ne formaient plus qu'une tache multicolore.

Il essaya de reconstituer la scène qui avait précédé l'assassinat.

– C'est clair, Miss Marple. Pujo a insisté

pour emmener Laurent Mazeau assister au tir de la fusée. Puis, il l'a raccompagné en voiture. Nous connaissons la suite.

Miss Marple ne le contredit pas. Nando continua :

– Maintenant, la pièce qui manque à mon puzzle, c'est le mobile. À ton avis, qui donc est responsable du sabotage de la fusée Ariane ? Pujo ? Laurent Mazeau ? Ou bien une troisième personne que Pujo aurait cherché à protéger en assassinant son chef opérateur ?

Un appel radio l'interrompit :

– Hôtel Papa pour November Alpha...

Nando répondit :

– November Alpha je vous écoute !

– Nous tenons Michel Pujo...

– Bonne nouvelle...

– Et je viens de recevoir par fax vos renseignements au sujet du 58e régiment de transmissions, November Alpha.

– Je serai là dans vingt minutes, terminé !

Nando enfonça légèrement la pédale d'accélérateur.

NANDO DÉPOSA MISS MARPLE SUR L'ÉTAGÈRE

Hôtel de police de Kourou,
bureau de Nando, 10 h 05.

Nando déposa Miss Marple sur l'étagère métallique. C'était la première fois qu'il l'emmenait au commissariat.

Sur son bureau, une liasse de fax l'attendait. Ils étaient accompagnés d'un message du colonel Moreau, chef de corps du 58e régiment de transmissions.

Nando ferma la porte et lut à haute voix :

– *Cher Monsieur, voici les dossiers concernant le lieutenant Chalaye et le sergent-chef Mazeau. Nous espérons qu'ils vous permettront de mener à terme votre enquête.*

Nando parcourut la suite rapidement. Il s'arrêtait de temps en temps pour lire ce qui lui semblait le plus intéressant :

Rapport du 2 avril 1967 concernant le lieutenant Chalaye Dan. Au cours d'une manœuvre d'approche dans la forêt de Fontainebleau, le lieutenant a été sérieusement blessé à la cuisse et à la jambe après une chute de pierres. Son état a nécessité une hospitalisation d'urgence...

Puis, plus loin :

Rapport de la commission de discipline du 25 juin 1967. Le lieutenant Chalaye a saisi la commission de discipline au sujet du caporal-chef de carrière Rochesseux, spécialiste radio. Rappel des faits : le 23 juin à vingt-deux heures, en retour de permission, le caporal-chef Rochesseux, sous l'emprise de l'alcool, s'est battu avec le garde de faction devant les services techniques de la CCS. Il s'est alors emparé de son arme puis il est sorti du quartier à bord d'un camion Berliet. Il a été arrêté à minuit vingt dans une rue de la ville par la brigade de gendarmerie de Maisons-Laffitte. Il s'est rendu après avoir opposé une forte résistance...

Le brigadier l'interrompit :

– Je vous amène le prévenu, inspecteur ?

– Allez-y, brigadier !

Nando posa les fax sur l'étagère. Michel Pujo entra dans le bureau, menottes aux poignets. Mâchoires serrées, le regard fixe, il paraissait hors de lui.

– Alors, lui dit Nando en introduisant un paquet de feuilles et de carbones dans une machine à écrire remontant à la plus haute antiquité. Je crois que vous avez des choses à me raconter !

– Vous vous trompez, inspecteur. Je pense plutôt que c'est à vous de me donner des explications ! répondit-il sèchement en brandissant ses poignets prisonniers de menottes.

Le téléphone sonna. C'était Baptiste Daudel…

– J'ai votre renseignement, monsieur.

– Je vous écoute, Baptiste !

– Le standardiste est formel. Un homme du S4 est bien revenu au CSG le mardi treize novembre à dix-neuf heures vingt. Il en est reparti à dix-neuf heures trente-sept exactement. Il a prétexté qu'il avait oublié les clés de son appartement. Tout cela est noté sur le registre des entrées.

– Ah, très bien ! Michel Pujo, je suppose ?

– C'est là que le bât blesse. Le standardiste est incapable de se souvenir.

– C'est impossible !

– Je lui ai même montré les photos de chaque opérateur. Il ne se rappelle de rien. Le trou de mémoire…

– Qu'il change de métier ! s'énerva Nando. C'est inacceptable de la part d'un professionnel !

– Je sais.

Miss Marple se glissa derrière un carton, en quête d'obscurité.

– Je vous remercie, Baptiste.

Nando raccrocha le combiné. Puis il regarda Michel Pujo droit dans les yeux et lâcha :

– Monsieur Pujo, vous allez être accusé du meurtre de Laurent Mazeau.

L'homme se leva d'un bond. Ses joues devinrent écarlates. Il éclata de rire.

– Mais vous êtes fou, inspecteur !

– Alors expliquez-moi comment vos empreintes se sont retrouvées sur la portière de son véhicule.

Michel Pujo s'assit.

– Mais c'est simple... Vendredi, quand je suis allé le chercher, il m'a demandé de regarder la serrure de sa portière. Il n'arrivait pas à la refermer.

– Vous racontez n'importe quoi...

Le ton monta de nouveau :

– Vous n'avez qu'à vérifier ! Ce n'est pas difficile. Je vous dis qu'elle ne fermait plus. C'est normal, ici. Avec cette température et toute cette poussière, la silicone qui lubrifie les mécanismes finit par sécher. J'ai essayé de claquer la portière plusieurs fois, ça n'a rien donné.

Nando se souvint avoir essayé lui aussi de la refermer. Michel Pujo paraissait sincère. Et s'il disait la vérité ?

Nando plaça les doigts au-dessus du clavier de la machine à écrire, prêt à noter.

– Monsieur Pujo, le jour de la radiographie du moteur, est-ce bien Laurent Mazeau qui est retourné le premier dans la salle ?

Michel Pujo baissa la tête. Il avoua :

– Non, inspecteur. Ce n'était pas lui.

– Pourquoi avoir menti ?

– Laurent avait une extrême confiance en nous. À tel point qu'il n'hésitait pas à enfreindre les règles de procédure. On allait chacun notre tour en salle de radio. Il voulait qu'on soit tous « opérationnels à 100 % ». Quand on a su que vous alliez nous interroger, on a décidé de vous cacher la vérité pour ne pas risquer notre place.

– Et ce jour-là, c'était le tour de…

– C'est Jules qui est entré le premier.

– Jules ?

– Je veux dire Alain !

Nando fronça les sourcils.

– C'est la seconde fois que je vous entends l'appeler Jules. Laurent-Paco… Alain-Jules. Vous êtes les spécialistes des petits noms.

Nando fronça les sourcils et répéta :

– Jules… D'où lui vient ce surnom ?

– C'est Paco qui l'appelait comme ça. Ça ne plaisait pas trop à Alain, mais il ne s'en offusquait pas.

EN RAMPANT, MISS MARPLE ÉPARPILLA LES FAX

Hôtel de police de Kourou,
bureau de Nando, 10 h 20.

En rampant, Miss Marple éparpilla les fax sur l'étagère. L'une des feuilles glissa et tomba sur le parquet. Nando la ramassa. Il y jeta un rapide coup d'œil. C'était la liste du personnel de la CCS du 58e régiment des transmissions de janvier à décembre 1967.

Son regard s'arrêta sur un nom : Rochesseux Julien. Il se leva d'un bond et reprit la feuille de rapport qu'il avait lue quelques minutes auparavant.

– Julien... Jules, marmonna-t-il. Ce serait trop beau !

Alain Mouty... Julien Rochesseux. Deux hommes réunis sous le surnom de Jules ?

Nando se précipita dans le hall du commissariat, abandonnant son prévenu.

– Brigadier, il me faut immédiatement

des renseignements sur le dénommé Rochesseux Julien.

– Avec un x, inspecteur ?

– R, o, c, h, e, s, s, e, u, x, épela Nando.

Dix minutes plus tard, le brigadier frappa à la porte de Nando.

– Vous avez de la chance, inspecteur. Votre gars est fiché. Rochesseux Julien, né le 14 juin 1947 à Les Vans, Ardèche. Jugé par le tribunal militaire et renvoyé de l'armée en 1967 pour voie de fait, vol d'arme et de véhicule, conduite en état d'ivresse. En 1970, il est jugé par un tribunal civil pour une affaire similaire. Il prend cinq ans ferme à la prison de la Santé. À sa sortie, il disparaît, on n'entend plus jamais reparler de lui. On suppose qu'il a changé d'identité ou qu'il est mort ! Tenez, voici une photo de l'individu.

Reçues par fax, les photos de face et de profil étaient exagérément contrastées. Cela n'empêcha pas Nando de reconnaître le visage d'Alain Mouty, imberbe, avec quelques années de moins.

– Envoyez le fourgon au CSG. Qu'on arrête Alain Mouty immédiatement !

Pour Nando, tout semblait soudain s'éclairer. Il dit :

– En prison, Rochesseux rencontre des truands. Grâce à ces connaissances, il n'a pas de mal à se refaire une identité dès sa remise en liberté. Désormais, il ne s'appelle plus Julien Rochesseux, mais Alain Mouty. Il se laisse pousser les cheveux et la barbe pour qu'on ne le reconnaisse pas. Le lieutenant Chalaye a gâché son existence. Mouty n'a plus qu'un seul objectif : se venger. En 93, il parvient à entrer au CSG, où il mûrit lentement un plan diabolique, saboter la fusée Ariane et faire accuser Dan Chalaye.

– C'est vrai qu'ils avaient été militaires ensemble ! s'exclama Michel Pujo.

Dans la cour, le fourgon démarra en trombe, sirène hurlante, en direction du Centre spatial. Nando continua la reconstitution de l'affaire :

– Malgré le changement de son aspect physique, Laurent Mazeau l'a aussitôt reconnu.

– Mais pas Dan Chalaye ?

– Par chance pour Mouty, non. D'ailleurs, sans doute n'aurait-il pas accepté sa présence au Centre spatial s'il l'avait reconnu !

– Ça explique tout, s'exclama Michel Pujo. Au début, Paco était très méfiant à son égard. J'étais surpris, ce n'était pas son habitude. Puis, petit à petit, Alain a réussi à gagner sa confiance. Je me souviens qu'il lui répétait souvent : « Je ne suis plus le même, tu dois me laisser ma chance ! » C'était au début. Ensuite, les choses se sont améliorées. Paco lui a appris son métier. Nous, on n'y a plus prêté attention.

Les hypothèses de Nando se confirmaient. Il reprit son raisonnement :

– Rochesseux est militaire et spécialiste radio. Les systèmes informatiques n'ont pas de secret pour lui. Le jour J, il retourne seul dans la salle où se trouve le moteur. Il trafique le dispositif de mise à feu. Le mardi 13 novembre, il téléphone pour envoyer Dan Chalaye au S3 B, afin de le compromettre.

– Pourquoi a-t-il tué Paco ?

– Au moment de l'explosion d'Ariane, Laurent Mazeau comprend ce qui s'est passé. Il demande donc des explications à Julien Rochesseux.

– C'est vrai qu'ils se sont retirés deux minutes pour discuter. Samir vous le confirmera.

– Rochesseux panique. Il décide de se débarrasser de Paco. Il le contraint à le suivre. Il l'assassine.

– Ensuite ?

– Il se rend chez sa victime pour lui emprunter sa voiture et il improvise la scène de l'accident.

– Mais vous n'avez pas retrouvé ses empreintes…

– Sans doute portait-il des gants.

Hôtel de police de Kourou,
bureau de Nando, 10 h 43.

Le téléphone sonna.

– Mouty est introuvable, inspecteur. On sait qu'il a quitté le CSG juste après que vous avez fait arrêter son collègue Pujo.

– Il aura paniqué.

– On m'apporte un message qu'il a déposé à la sécurité, inspecteur… Je vous le lis ?

– Bien sûr !

– L'enveloppe est adressée à Dan Chalaye, mais le chef de la DSS s'est permis de l'ouvrir.

– Parfait… Lisez !

– Bon, voilà… *Colonel Chalaye… le caporal-chef Rochesseux, vous vous souvenez ? Je sens bien que l'étau se resserre sur moi, mais je n'ai pas dit mon dernier mot, mon colonel. Il me reste une carte à jouer. Il m'en reste une à saboter !*

Nando raccrocha. Il marmonna :

– « Il m'en reste une à saboter. » Que signifie ce charabia ?

– Sans doute un code, inspecteur... dit Michel Pujo. Dan Chalaye devrait comprendre !

Nando se passa la main sur la nuque et répéta :

– Il m'en reste une à saboter...

– Une fusée, proposa le brigadier. Je ne sais pas...

– Une fusée ? Mais il n'y aura pas de fusée avant un mois, je suppose ?

– Nous sommes le 26. La prochaine Ariane embarque aujourd'hui au port du Havre ! remarqua Michel Pujo.

– Ariane ! Bien sûr ! s'exclama Nando. Ariane, la fille de Dan Chalaye ! Elle est en danger !

Nando se pencha sur le micro de son poste radio.

– Alain Mouty en fuite. La fille du directeur du CSG est en danger. Alerte générale. Prévenez Cayenne et Sinnamary. Que la gendarmerie boucle les routes et les aérodromes. Alertez la surveillance maritime.

Dans l'hôtel de police, c'était le branlebas de combat.

– Trois hommes avec moi !

Nando vérifia le chargeur de son pistolet et sauta dans sa voiture. Miss Marple, assoupie derrière le ventilateur, ne se rendit compte de rien.

NANDO N'AVAIT JAMAIS ROULÉ AUSSI VITE

Kourou, villa Les Orchidées, *10 h 47.*

Nando n'avait jamais roulé aussi vite.

Il traversa l'avenue Liberté l'accélérateur bloqué. Le brigadier assis à côté de lui se cramponnait au tableau de bord.

Devant la villa *Les Orchidées*, une voiture du CSG était garée. Nando rangea son véhicule contre une haie d'hibiscus, à l'abri des regards. Il décrocha sa radio.

– November Alpha pour Hôtel Papa... Il y a une Fiat Uno blanche immatriculée 672 AKY 973 devant *Les Orchidées*...

– C'est celle de Mouty, inspecteur.

– Il ne se doute pas que nous sommes là. On va le coincer au moment où il sortira. Envoyez des renforts !

– Bien reçu...

– Terminé !

Kourou, villa Les Orchidées, *10 h 50.*

Un brigadier contourna la villa pour surveiller les sorties vers la plage. Nando arma son pistolet et se déplaça discrètement jusqu'à l'entrée.

La porte était entrebâillée. Il la poussa et pénétra dans le couloir.

Il se dirigea avec lenteur vers le salon. Il n'y avait pas un bruit dans la maison. Où se cachait-il ? Il entra dans le bureau de Dan Chalaye. La baie vitrée était ouverte en grand.

– Lâchez votre arme !

Nando reconnut la voix de Mouty. Il était dans son dos. Sans doute n'hésiterait-il pas à tirer au moindre mouvement. Nando se pencha et posa son pistolet sur la moquette.

– Maintenant, retournez-vous, les mains en l'air.

Nando s'exécuta, sans perdre son sang-froid.

Alain Mouty se trouvait près de la porte du bureau. Il tenait Ariane Chalaye devant lui, en bouclier, un fusil à canon scié pointé sur son cou. Elle était inerte, les yeux fermés, les bras ballants.

– Vous l'avez...

– Non ! Simple évanouissement, inspecteur. Mais à la moindre imprudence, je la tue !

– Ça ne servirait à rien, monsieur Rochesseux. Les routes sont bloquées. Vous ne pourriez pas quitter la Guyane !

– Vous savez ? s'étonna Alain Mouty.

Nando amorça une discussion, pour essayer de gagner du temps. Bientôt, les renforts arriveraient.

– Ce n'était pas difficile... Toute votre vie, vous avez laissé des traces derrière vous !

– Ma vie, elle s'est arrêtée le jour où le lieutenant Chalaye m'a fait mettre à la porte de l'armée comme un malpropre.

– Ce n'était donc pas mérité ?

– J'étais jeune. On aurait dû m'accorder une nouvelle chance... Je n'ai jamais oublié ces années de ma vie qu'il a gâchées. J'ai tout perdu à cause de lui ! J'ai tout perdu !

Nando se tourna légèrement sur la gauche. Il jeta un coup d'œil discret par la baie vitrée. Dans un bosquet d'hibiscus, il crut apercevoir le canon d'un fusil.

Il regarda de nouveau Mouty droit dans les yeux. Soudain, une déflagration déchira le silence. Alain Mouty fut projeté à terre. Ariane Chalaye s'effondra en même temps que lui.

Nando se précipita. Elle était indemne.

À deux pas, son agresseur gisait, le regard vide. Sa tête baignait dans une mare de sang. Il venait d'être touché par une balle à la tempe.

Aussitôt, les forces de police investirent la maison, dirigées par le commissaire Simon.

Kourou, villa Les Orchidées, *11 heures.*

– Qui a tiré ? demanda Nando. Vous auriez pu toucher la fille !

– Je ne comprends pas. Ce ne sont pas nos hommes, répondit le commissaire. Ni ceux de la gendarmerie.

Nando se pencha sur Ariane Chalaye. Elle se réveillait.

– La fille est sauve, de Torstein. N'est-ce pas l'essentiel ?

Nando connaissait cette voix. Il leva les yeux.

Devant lui, l'inspecteur principal Bourguignon de la Sûreté, l'air sournois. À ses côtés, son adjoint Charlerie, hochait la tête.

– Affaire classée, de Torstein !

Kourou, hôtel de police,
mardi 27 novembre, 9 heures.

Le téléphone sonna dans le bureau de Nando. Il décrocha. C'était Pascale Desroches...

– Je viens de terminer l'autopsie de Mouty !

– Vos premières conclusions, docteur ?

– Nous aurons l'expertise balistique dans une petite semaine. Mais en attendant, je peux vous confirmer que la balle est du calibre utilisé généralement par les forces spéciales de police.

– Vous pensez comme moi que j'ai été doublé par les services secrets ?

– Alain Mouty est mort. Il ne parlera plus. Et personne ne pourra jamais prouver que le satellite a été saboté.

– Je comprends, fit Nando. Les intérêts européens.

Nando caressa le dos de Miss Marple et dit :

– Je vous invite au *Cric Crac*, ce soir.

– Avec plaisir !

– J'arrose ma mutation et ma promotion...

– Vous quittez la Guyane ? demanda Pascale Desroches, désolée.

– Ah non... Rassurez-vous, simple déplacement de quelques kilomètres. Je suis nommé au commissariat de Cayenne, avec le grade d'inspecteur principal. Je crois que je suis devenu indésirable auprès du Centre spatial. Ariane et moi, ça n'a jamais marché !

PERSONNAGES PRINCIPAUX

Comte Fernand de Torstein, dit Nando
Inspecteur de police

Miss Marple
Boa constrictor

Laurent Mazeau, alias Paco
Victime

Dan Chalaye
Directeur du Centre spacial guyanais

Ariane
Fille du directeur

Michel Pujo
Adjoint de la victime

Samir Karaoui
Collègue de la victime

Alain Mouty
Collègue de la victime

Pascale Desroches
Médecin légiste

COLLECTION

Cascade

CASCADE POLICIER

AGATHE EN FLAGRANT DÉLIRE
Sarah Cohen-Scali.

À L'HEURE DES CHIENS
Évelyne Brisou-Pellen.

ALLÔ ! ICI LE TUEUR
Jay Bennett.

L'ASSASSIN CRÈVE L'ÉCRAN
Michel Grimaud.

L'ASSASSIN EST UN FANTÔME
François Charles.

BASKET BALLE
Guy Jimenes.

LE CADAVRE FAIT LE MORT
Boileau-Narcejac.

CENT VINGT MINUTES POUR MOURIR
Michel Amelin.

LE CHARTREUX DE PAM
Lorris Murail.

LE CHAUVE ÉTAIT DE MÈCHE
Roger Judenne.

COUP DE BLUES POUR DAN MARTIN
Lorris Murail.

COUPS DE THÉÂTRE
Christian Grenier.

DES CRIMES COMME CI COMME CHAT
Jean-Paul Nozière.

CROISIÈRE EN MEURTRE MAJEUR
Michel Honaker.

DANS LA GUEULE DU LOUP
Boileau-Narcejac.

LE DÉMON DE SAN MARCO
Michel Honaker.

LE DÉTECTIVE DE MINUIT
Jean Alessandrini.

DRAME DE CŒUR
Yves-Marie Clément.

DRÔLES DE VACANCES POUR L'INSPECTEUR
Michel Grimaud.

UNE ÉTRANGE DISPARITION
Boileau-Narcejac.

HARLEM BLUES
Walter Dean Myers.

L'HÔTEL MAUDIT
Alain Surget.

L'IMPASSE DU CRIME
Jay Bennett.

L'INCONNUE DE LA SEINE
Sarah Cohen-Scali.

LE LABYRINTHE DES CAUCHEMARS
Jean Alessandrini.

LA MALÉDICTION DE CHÉOPS
Jean Alessandrini.

MENSONGE MORTEL
Stéphane Daniel.

LE MYSTÈRE CARLA
Gérard Moncomble.

NE TE RETOURNE PAS
Lois Duncan.

L'OMBRE DE LA PIEUVRE
Huguette Pérol.

COLLECTION

Cascade

CASCADE POLICIER

OMBRES NOIRES POUR NOËL ROUGE
Sarah Cohen-Scali.

ON NE BADINE PAS AVEC LES TUEURS
Catherine Missonnier.

L'ORDINATUEUR
Christian Grenier.

PAS DE QUOI RIRE !
Jean Alessandrini.

PIÈGES ET SORTILÈGES
Catherine Missonnier.

POURSUITE FATALE
Andrew Taylor.

QUI A TUÉ ARIANE ?
Yves-Marie Clément.

RÈGLEMENT DE COMPTES EN MORTE-SAISON
Michel Grimaud.

SIGNÉ VENDREDI 13
Paul Thiès.

LA SORCIÈRE DE MIDI
Michel Honaker.

SOUVIENS-TOI DE TITUS
Jean-Paul Nozière.

UN TUEUR À LA FENÊTRE
Stéphane Daniel.

LE TUEUR MÈNE LE BAL
Hervé Fontanières.

LE VAMPIRE CONTRE-ATTAQUE
Hervé Fontanières.

LES VISITEURS D'OUTRE-TOMBE
Stéphane Daniel.

LES VOLEURS DE SECRETS
Olivier Lécrivain.

CASCADE POLICIER – LE COMMANDEUR

LE CHANT DE LA REINE FROIDE
Michel Honaker.

LE GRAND MAÎTRE DES MÉMOIRES
Michel Honaker.

MAGIE NOIRE DANS LE BRONX
Michel Honaker.

LES MORSURES DU PASSÉ
Michel Honaker.

L'AUTEUR

Yves-Marie Clément est né en 1959 en Normandie. Il vit actuellement à Saint-Laurent-du-Maroni, en Guyane, avec sa femme et ses deux fils. Les voyages le passionnent, mais aussi les arts martiaux, qu'il pratique assidûment depuis l'âge de 15 ans (il est ceinture noire de judo ju-jitsu).
Auteur de plusieurs romans pour la jeunesse, il affirme retrouver dans l'écriture la sérénité et la rigoureuse discipline qu'il a découvertes dans la pratique des arts martiaux. Il a notamment publié *Drame de cœur* dans la collection Cascade Policier

Achevé d'imprimer en juin 1997
sur les presses de l'Imprimerie Hérissey à Évreux (Eure)
Dépôt légal : juin 1997
N° d'édition : 2969 - N° d'imprimeur : 77877